仙童たち

天狗さらいとその予後について

Kuribayashi Sachi
栗林佐知

未知谷

目次

仙童たち

天狗さらいとその予後について

証拠物件　遺留品（ＩＣレコーダー）に残された音声　1

ただいまご紹介にあずかりました、クジラガワ・カンナと申します。

このたびは、栄えある東日本人文科学学術研究振興会の地域史研究奨励賞を、わたくしの拙い研究にたまわりまして、本当にありがとうございました。

（淡い拍手）

少々つけ加えさせていただきますと、ただいま司会の方から、わたくし、薄木（うすぎ）市立郷土資料館学芸員と紹介していただきましたが、実は、当節どこでも同じとは思いますが、一年契約の学芸員でして、勤め先の郷土資料館が来春から市立総合博物館として、駅からバスで四十分以上ゆられたうえ二十分歩かないとたどりつけないところにリニューアルオープンされることになりまして、その際、雇い止めになると思われます。

三十五歳で大学院を出て以来十四年、ずっとこのような勤務形態でやって参りまして、ときにはコンビニで働きながら研究を続けていたこともございます。まことに昨今の日本の人文学研究は、まさに死に体でございますね。こちらの研究奨励賞も、今回で最後とのことで、まことに心細い限りでございます。

それはさておき、本日はすっかり遅れてしまい、申し訳ございませんでした。いいえ遅刻ではないんです。いや遅れてきたんだから遅刻ですけど、こちらの文化会館には十三時ちょうどに着いたのです。ただ、エレベーターに乗ったもののボタンを押し忘れ、乗り合わせた人と一緒に五階まで行ってしまい、その人につられて大研修室Bへ入ってしまったんです。

大研修室Bでは、ちょうど女性の臨床心理士の先生の発表中で、その内容が、きょうこれからわたくしがお話しする報告と、やけに関係のあるものだったので、当然自分の参加すべき会場だと思いこんでしまいまして、そのうえ、その先生のお名前が、わたくしの中学時代の同級生と同じだったので、お顔をちらちら伺って……それにしてもなかなか自分の順番がこないな、と思い、ふとレジュメを見ましたら、「子どもの安全と健康学会――児童心理学・精神医学研究会」なんて書いてある。どこにも東日本人文科学学術研究振興会とは書いてない。あっ間違えた！　と気付いてあわててエレベーターに飛び乗って、この二階中ホールへ駆けつけたわけなんです。

ところでその、五階でやっていた、ホリエ・カツラ先生とおっしゃる臨床心理士さんのお話なんですが、横浜市みぞれ区の児童養護施設に保護された、ある子どもの話なんです。

その子は小田急線の鈍行電車の座席に、たった一人でぽつんと坐っていて、小田原の一つ手前の足柄駅で、学校帰りの二人の女子高校生が、その子が朝も乗っていたことに気付いて声をかけ、駅員さんに知らせ、保護に至ったそうです。

どうやらその子は、新宿と箱根湯本の間を何度も一人で往復してたらしい。ふつうの子どもだったら飽きるし不安になって泣くでしょうけど、その子はぽーっと坐ってた。高校生たちが声をかけ、手を取ったら素直に手をつないだそうです。

駅員さんやおまわりさんが「ママは？　パパは？　どこからきたの？」ときいても、「あっち」と、青く寝そべる丹沢の山並みを指さすだけで、「誰と一緒に電車に乗ったの？」と聞くと、「空（しょら）とんできたの、天狗のおじしゃんと」と……

……え？　あ、はい。すみません。そうでした。遅れてしまって時間が押しているのに脱線して申し訳ございません。ではすぐ始めます。はい。はい。

では、あらためまして。

「多摩西南地域の天狗道祖神（てんぐどうそじん）——庶民信仰をめぐる一考察」

これがわたくしの研究タイトルです。

では、パワポをお願いします。

え？　自分でやれ？　あ、これですか。えーと、ここをクリックと。わかりました。それじゃ電気を消してください。

えー。それくらいお願いしますよ。そちらの方、すぐ後ろにスイッチあるじゃないですか。ね、お願いしますよ。……ありがとうございます。

では、スクリーンをご覧ください。

この図は、一九八八年、わたくしが高校生の時に踏査した、多摩西南地域の神奈川県ツルマ市タンポポ台―東京都ちまだ市丸瀬(まるせ)―神奈川県横浜市みぞれ区のあたり一帯の石仏分布図です。多摩丘陵の西側の、東京都と神奈川県の端っこが、指を組み合わせたように入り組んでいる地域ですね。図の△印が道祖神、□が庚申塚(こうしんづか)、○が地蔵、×が馬頭観音や十一面観音はじめそのほかの石仏です。

この当時もすでに宅地化が進み、というか、わたくしの住んでいたタンポポ台なぞは、強盗財閥とあだ名された相急(そうきゅう)グループが鉄路を伸ばし、トイレのない駅をつくり、雑木林や田畑をつぶして町をこしらえた「開発」の権化のような場所だったのですが、それでもまだ、八〇年代末には、これだけの石仏が残っていました。

では、次の図をご覧ください。

これは同じ地区の約三十年後、二〇一×年の図です。

昨年、再調査したものですが、石仏はずいぶん減っていますね。図書館の前庭、公園、お寺の境内などに移されたものもありますが、教育委員会も行方を把握していないものもあります。お役所は担当者が頻繁に入れ替わりますし、学芸員も多くは年契約ですから無理もありません。

きょうお話しするのは、この△印、道祖神のうち、黒い▲印で表した特別な道祖神のことです。

ご覧の通り、▲印は東京都ちまだ市丸瀬から横浜市みぞれ区長津留（ながつる）のあたりまで、南西から北東へナナメに分布しており、幸い、今回の調査でもすべて確認できました。

ですが実を申しますと、最初の調査の三年前、一九八五年には、確実にもう一体、このあたり、長津留からさらに北東の、相急電鉄「クヌギが丘」駅近く、国道二四六（にいよんろく）号を見下ろす丘の上にあったのですが、ある日、宅地造成のために消えてしまいました。当時わたしは中学生で、そのときのショックをいまだに忘れずにいます。

ところで実は、わたくしの現在の研究テーマは、「近代における家内製糸工業と女性の役割」というものです。それが、なぜ三十年ぶりに石仏調査を再開したかと申しますと、これは、とある新史料の発見がきっかけでした。この史料によって、わたくしは中学生時代から抱いてきた疑問に、ひとつの答えを得たのです。これについては追い追いお話しいたします。

さて。道祖神とはご存じの通り、村の境界や辻などに、村の守護神として祀られていたと言われている石造物で、様々な形があります。男女の神が並んでいるもの、丸い石だけのもの、正体のよくわからない像が刻まれたもの。ではこの▲印道祖神はどんな像か……スクリーンをご覧ください。

マンガみたいですね。目がつり上がって、怖い顔してるのにまるっこくて可愛いし、可愛いけどなんとなく怖い。顔は欠けてるけどクチバシがあったように見えます。カッパじゃありません天狗です。修験者の服装をして翼があるでしょう。これは全国でも非常に珍しい「天狗道祖神」とよばれる石像で、この多摩西南地域のこの周辺にしか見られないのだそうです。後背部に「享保十四」と刻まれています。江戸時代中ごろのものですね。

先行研究によると、この天狗道祖神に限らず、江戸時代の関東地方には、限られた地域に突如として新しい信仰対象、ナントカ明王とか、ナントカ金剛とか、ナントカ山王とか、仏教なのか神道なのかはたまた道教か、由緒の不確かな新しいフォルムの石像が祀られ数年のうちに広まる、といった現象が見られるそうです。

そもそも石仏というものは、近世、つまり平和になった江戸時代の文化だそうです。死者の供養のためにではなく、新しく開いた田がうまくゆくように、豊年満作となるよう、災害や病が来ぬよう、村人が一丸となって集落の入口に、自分たちの信仰対象を祀ったのです。

とはいえ、こうした石仏の由来は、ふつう文書に残ってはいません。祀った村人たちは全員承知なので説明する必要はないし、だいいち、たいていの人は字が読めない。中には、代官所がキリシタンではと疑って、檀那寺に問い合わせた文書が残っている例もあるそうですが、この多摩西南地域の天狗道祖神にはそんな文書は残っておらず、その由来はしかとはわかりません。

ただ、戦前に刊行された旧丸瀬村の郷土誌によると、旧丸瀬村と旧長津留村の間に「「薬師堂」という小さなお堂と坊があって、そこに「法印（ほういん）さま」と呼ばれる「里山伏（さとやまぶし）」が住み、雨乞い、虫除け、水害除けの祈禱を司って村の人々から絶大な信奉を受けていた」そうで、先行研究によると、この天狗道祖神たちは、十八世紀半ばの享保のころ、この「法印さま」そのものか、あるいは「法印さま」が修行した「お山」の天狗さまを、村人たちが勧請（かんじょう）して祀ったものではないか、とのことです。

その「お山」とは、丹沢山塊の大山（おおやま）です。落語の「大山詣り（おおやままいり）」で有名な、江戸庶民の信仰を集めたお山です。

この多摩西南地域の真ん中には、国道二四六号線が走っています。二四六はその昔、大山街道とよばれていました。お詣りの人たちが江戸から大山へ、二、三泊でたどる街道だったのです。

とくにここ、いちばん北東側の天狗道祖神のある、横浜市みぞれ区長津留は、この大山街道の宿場町とその後背部の農村でした。宅地開発が進んではいますが、今もなお農家の大きな家と畑、谷戸田（やとだ）ががんばっています。そしてなんと現在も大山詣りの講（こう）が続いていて、夏には講のメンバーで大山へでかけて、麓の宿坊に泊まり、宿坊を営む先導師（せんどうし）さんのお祓いを受け、その案内で中腹の阿夫利神社下社に登拝しています。「さーんげさんげ、ろっこんしょうじょう」と歌いながら。そして冬には、先導師さんが長津留へやって来て、講中の一軒一軒へお札を配ります。

先導師は、江戸時代には御師と呼ばれていました。明治になって先導師と名前を変えたわけです。

そもそも大山は、大昔から信仰の対象としてあがめられてきました。戦国時代には、大天狗の住む修験の山として知られ、修験者たちが武装集団として「大活躍」します。しかし平和な江戸時代がやってくると、幕府の命で彼らは下山させられます。山をおりた彼らは麓に住み、御師となって、今度は庶民たちを大山に案内する役に回った。と言われています。

御師たちは持ち前のエネルギーで「大山講をつくって大山詣りに来ませんか?」と、各地の村々町々を営業開拓してまわり、江戸時代の最盛期には、関東甲信越一帯に七十万軒もの檀家がひろがっていたそうです。

こうしたさいに、「法印さま」のような里山伏たちが、村人をまとめる手伝いをしたと言います。大山から修験者は追われましたが、麓の修験の寺、日向薬師や八菅山光勝寺の山伏たちは、行者道を通って大山に登り修行していました。丸瀬・長津留の薬師堂の「法印さま」も、そんなふうに修行して、里へ来て村社会に溶け込んでいた里山伏の一人だったのでしょう。

里山伏はたいてい妻を持ち、家庭を作ります。「薬師堂」は世襲のような感じで代々続いていたと思われます。そして江戸時代半ばの享保ころの代の「法印さま」の縁で天狗道祖神が刻まれた……

以上がざっと、天狗道祖神とは何か、ということのあらましです。

さて。ここで少し、話を変えます。

天狗道祖神を考える上で、まず考えなくてはならないことがあるからです。それは、「天狗とはいったい何か」ということです。

天狗とは何でしょう。

鬼？　悪魔？　神様？　修験者のなれの果て？　それとも妖精でしょうか。

一般的に、天狗といえば、高い鼻に赤ら顔の姿をわたしたちは思い浮かべますが、この型の天狗イメージが定着するのは、江戸時代になってからのようです。

古代の日本人は、雷鳴や突風などさまざまな現象を天狗と呼んできました。天・狗と書いて「あま・きつね」と読んだようです。このころは天狗にはまだ特定の姿はありません。

中世にさしかかると、平安時代後期にできた『今昔物語集』には、天狗が登場する説話が二十ほど収録されています。さらに鎌倉時代になると、さかんに天狗の出てくる絵巻物ができます。これらの中世の天狗は、猛禽類の顔をした、いわゆる「カラス天狗」です。

室町時代には、鎌倉幕府の滅亡から南北朝の争乱を描いた『太平記』に、天狗が登場します。この天狗は、仏法を妨げ、人をそそのかして争乱を起こす魔物です。この頃は、僧が修行して超能力を身につけ、驕慢に陥ったあげくに天狗に変身すると考えられていました。この時代の天狗は、人の不幸を喜ぶ邪悪なばかりの存在です。

平和な江戸時代になると、高い鼻の天狗像が広がり、彼らはときに、とんち彦一に隠れ蓑をだまし取られてしまったり、ユーモラスなキャラクターとして語られます。その一方で依然、様々な不思議、怪異現象をおこす者として恐れられてもいました。どこからともなく石がふってきたり、山中で木こりが、ほかに誰もいないのに高笑いや木を切り倒す音を聞いたり、子どもが行方不明になったり……

そうなのです。ここです。

天狗は、人をさらうのです。

天狗に誘われて行方不明になり、帰ってきた人の話は、全国いたる所で記録されています。ところが、無事に帰ってきた人たちの話はどうも曖昧で、天狗の国はどんなだったか、天狗はどんな人たちだったか、今ひとつはっきり語っていません。

けれども、日本の歴史上で一人だけ、天狗に誘われて山へゆき、天狗の世界についてこと細かに見聞を語った少年がいるのです。

スクリーンをご覧ください。

これは、「寅吉」という、江戸時代後期、文化三（一八〇六）年生まれの少年です。当時かぞえで十五歳。仙童寅吉、天狗小僧と呼ばれ、一世を風靡しました。

しかし、ダンゴっ鼻に分厚い唇、ほとんど白眼のギョロ目。現代とは美的センスの違う江戸時代でも、あまり可愛い顔ではなかったでしょう。なんでもこの寅吉、七歳の時に天狗に誘われて異界へ行き、十一歳からは天狗の修行をしたそうで、彼の話は、国学者、平田篤胤が、本人から聞いて『仙境異聞』という本にまとめています。

寅吉についてはまた後ほどお話しいたしますが、天狗による誘拐事件は、遠い江戸時代だけの話ではありません。戦後しばらくの頃まではよく取りざたされていました。東北地方でいなくなった子が、奥多摩の山中で発見され、村人と鉄道員の保護で無事に家へ送り返されたという話や、遠足に出かけた先でいなくなった生徒が、学校の屋上に戻っていた、などという話が方々で採集されています。

高度成長時代、日本列島の自然は大きく消滅し、こうした怪異も消えてゆきます。それでもなお、戦後四十年たった一九八四年にも、こんな出来事が起こっています。

スクリーンをご覧ください。

今から三十五年前の、新聞の社会面の小さな記事の写真です。

学校の遠足で大山へ登った、神奈川県ツルマ市立タンポポ台中学の一年生四人が行方不明になり、翌朝、四人一緒にケーブル駅まで下山してきたところを保護された、という出来事を報じています。

四人はとくに親しくはなく、別々にはぐれ、気がついたら、登山道の「天狗の鼻突き石」のところに一緒にいたそうです。

この四人を仮に、Aさん、Bくん、Cさん、Dくんとします。AさんとBくんには、遭難時の記憶がなかったそうですが、CさんとDくんは先生に奇妙なことを報告しています。しかしCさんは中学生にもなるのに字が読めないという変な子でしたし、Dくんは軽い知的ハンディキャップを抱えていたので、彼らの証言は聞き流されました。まあ当然だと思います。

——天狗につかまれて空を飛びました。

——空を飛んだの。天狗のおじさんが、「通信教育しないか」って。

なんて言われても、先生だって困ります。

四人はこの遭難の翌年、二年生の時には同じクラスになったそうですが、そこでもとくに親しくはなく、卒業後は連絡をとり合うこともなかったようです。AさんBくんはそれぞれ高校へ、Cさんは中学半ばで転校、Dくんは、卒業後、民生委員さんの仲介で就職しました。

（つづく）

南ツルマ運動公園の決闘

白むほど強い夏の陽ざしが、中天から降り注ぐ。

南ツルマ運動公園の並木の桜は、さわがしい蟬たちをたくわえ、その色濃く茂った葉むらが、地面にわずかな青い日陰をつくっていた。

そこに、作業服の男が三人、散り敷いた毛虫の糞なぞ気にするけぶりも見せずに、はげた芝生に腰を下ろして弁当を使っている。彼らは、この運動公園の奥にある大きな体育施設の外壁とガラス清掃にかかっている業者の、その下請け会社、「有限会社深田外装（ふかだがいそう）」の人たちで、本当は、こうした作業服を着たような人たちは公園の「表」の方へ出てはいけないと元請けから言い渡されているのだけれど、といって休憩用の控え室はないし、体育館の裏口付近はじめじめした赤土で居心地が悪いし、ボックスカーの中は灼熱地獄なので、いいじゃねえかようと「ふれあい広場」へ続く、桜並木の木陰まで出てきたのだ。まあ時代も昭和の終わり頃で、まだ人の心は昨今に比べ、ずいぶんおおらかであった。

三人のうち二人は、中年にさしかかったおじさんで、社長の深さん、その友だちで助っ人の庄ちゃん。もう一人が、おととしツルマ市立タンポポ台中学を出て、民生委員さんの紹介で見習いに入った仏沢せいじくんだった。

「あぢー」

アルマイトの弁当箱を空にした庄ちゃんは、赤いハイネックシャツの裾をくるくる巻き上げて、本田美奈子ちゃんみたいなヘソ出しルックにしている。すきっ歯に楊枝をはさんであぐらをかいたと思うと、後ろ手をついて脚を伸ばしてみたり、楊枝をにじにじ噛んでいたかと思うと、その楊枝で地面をほじくって蟻をからかったり、少々落ち着きのない大人である。

「このあちーのに、ご苦労なこった」

今度はすぐ目の前の光景に目をやって、かれは言う。

運動公園の「ふれあい広場」は、夏祭りの準備でにぎわっていた。朝と午前中の休憩の時にはなかった「にこやか祭り」の赤い幟が、並木にそって立てられ、三人の前の舗道をテントやシート、折りたたみ机を積んだ軽トラックが通ってゆく。

商工会議所や農協、近くの住宅街の自治会のメンバーとおぼしき人たちが、アイスボックスやガスボンベを抱えて行き交っていた。

「ねえそこ、ピンと張って!」

舗道の向こうから飛んできた声に、庄ちゃんはギョッと首をすくめた。

「びっくりしたー。かあちゃんかと思ったぜ」

声の主は、主婦グループのリーダー格の女性だった。見れば、グラマーでぴったりしたジーンズの似合うすらりとした美女だ。

「あんなきつい声だったか？」

深さんが、広げた新聞の陰で笑う。競馬やスポーツの新聞ではない。日本経済新聞だ。深さんは、庄ちゃんの奥さんを、彼女が中学生くらいの時から知っていた。

「それに、昨日もびっくりしてたじゃねえか」

そうなのだ。あの主婦たちは昨日の午後もそこで打ち合わせをしていた。そして昨日も庄ちゃんはご丁寧に驚いた。何度同じショックを受けても、いつでも新鮮に驚いてしまう性分なのだ。そして、加えて言うなら、庄ちゃんは妻に頭が上がらない。

六千万円を越えた借金が、とうとう去年の暮れ、ばれてしまったためである。三百万を越えた時ばれたと言っても、この人は自分の借金の総額を自分で知らなかった。三百万を越えた時点で、現実をみつめてもどうしようもなくなり、忘れようとまた競輪場に入り浸り、また借金が増え、いつのまにかこんなことになっていた。

妻が探してきたアメリカ帰りの精神科のお医者が言うには、庄ちゃんの脳は、「賭けごとをして興奮せずにはいられない分泌物」が出っぱなしの状態なのだそうで、これは十年ほど前にＷＨＯも認めたちゃんとした診断だとのこと。つまり本人の意志とか性格の問題ではなく頭の故障だから、治療が必要なのだ。

それで庄ちゃんは、ギャンブラーズ・プログラムという「グループ治療」に通っている。これは、賭けごとがやめられなくて苦しんでいる人たちが集まって悩みを分かち合い、なんとか一日一日ギャンブルをしないで過ごすという、この当時かなり先進的だった治療法だ。「このプログラムに通って頭の故障を治すから別れないでくれ」と、庄ちゃんは妻に頼んでいる。だのに、もうすでに二回ほど、庄ちゃんはスリップしていた。「～をしない」という掟を破ることをスリップという。

——これが最後よ。今度スリップしたら、ここにハンコを押してもらいますからね。

そのたび、奥さんに枠線が緑色の届出用紙を見せられた。そうするとかれは、あと一回や二回や三回や四回や五回は許してもらえそうな気がして安らぐのであった。

庄ちゃんたちの向かいには、運動会のＰＴＡ席みたいなテントが二つ並び、アイスクリーム屋とタコ焼き屋が並ぶようだ。

アップリケを縫いつけた色あざやかな旗を立て、ソフトクリーム製造器を運び込み、主婦たちの店はできあがってゆく。

若い母親たちのまわりを、それぞれのミニチュアが走り回っている。女王の子はやはり女王のようだ。幼児のくせに、庄ちゃんたちが若い頃「オオカミカット」と呼んだような髪型をして子分どもを従えている。

庄ちゃんは、耳にはさんだタバコを取りながらにたにた楽しそうな顔をした。妻は怖いけど、しかしまあ、女たちが集まって楽しそうにしているのは、華やかでいいものだなあと。職場が野郎ばかりなので目も休まった。

なにしろ、アイスクリーム屋の主婦たちは、オーディションで選んだのかと思うほどの美女ぞろい。中でもやはり「アサカワさん」と呼ばれている女王、庄ちゃんの妻の「声のそっくりさん」の容姿は際だっていた。

かたや、華やかなアイスクリーム屋の隣の、タコ焼き屋の静けさったらなかった。細長い折りたたみ机の上にコンロとアイスボックスを置き、丸穴の並んだ鉄板を据えただけ。看板のつもりなのか、マジックで「たこやき二〇〇円」と、妙に上手な字でくっきり書いたわら半紙が、セロハンテープで机にぶら下げられていた。

テントの下には、小柄な、やせネズミのような主婦が、一人きりでぽつんと立っている。洗いざらしてらくだ色になったポロシャツに、どこかで一九八〇円くらいで買ったに違いない、てろんとしたジーパンをはき、よれたエプロンをして、髪をひっつめていた。

これじゃあ売れねえだろうな。

しかもこの暑いのにタコ焼きだぜ。

「みなさん、ごくろうさまです」

パナマ帽とゴルフ帽をそれぞれかぶった老紳士が二人、「実行委員」の腕章をしてやってきた。それぞれの出店から集まってきた主婦たちに、小分けされた小銭を配る。

「つり銭が一万円分ずつ入ってます。売り上げは、今日の分は六時にいったん集計しますんで、管理センターへもってきてください」

まじめに説明するやせぎすの老紳士に、「アサカワさん」が、ロケット弾のような胸をそびやかして何か言い、主婦たちをもりあげた。それに答えて、老紳士がかさかさと枯れ葉のような声で言う。

「そうですね、売り上げが一位だった組には、何か賞品を出しましょうか」

この瞬間、庄ちゃんはひらめいた。

「深さんよう、深さん」

血がわき、筋肉が踊りはじめる。手にしたタバコの煙までふるえた。

「賭けねえか。あの二つの出店、どっちが多く売れるかさ」

深さんは新聞から顔もあげない。そのくせ即答した。

「じゃあおれは、デカパイの奥さん率いるアイスクリーム屋の方だ」

深さんがデカパイと言ったのは、バブル前のこの時代にはまだ「巨乳」という流行語がなかったためである。

「なんだよ、いつの間に見てたんだよ」

庄ちゃんは口をとがらせる。

「一軍の将たる者、常に周囲の状況を把握しておかねばな」

庄ちゃんへの、当てつけにも聞こえる。

二十年前、高校を出て同じ塗装屋に勤めた二人だったが、仕事の手堅さ速さといい、人を束ねる力量といい、親方に嘱望されたのはもちろん深さんだった。けれどあろうことか、親方の一人娘が庄ちゃんにほれた。

深さんは潔く身を引き、やがて外壁清掃まで請負う会社を作って独立した。彼らを知る人びとは深さんをほめ、応援した。かたや、勝ち取ったはずの座につき、親方亡き後、会社を二年で倒産させてしまったのがこの庄ちゃんである。

「だめだい、おれがあのアイス屋に賭けるんだよう。深さんは隣のチンケなタコ焼き屋の方だ」

もう三十九歳のくせに、庄ちゃんはだだをこねる。深さんはこの古い友をふり返った。

「そういうとこが甘いんだよ、庄ちゃんは」

新聞に目を戻して言う。

「だいいち賭けごとはやめたんだろ」

庄ちゃんはかちんときた。

ものすごく、言われたくないことだった。

けっ。経済新聞なんか読みやがって！

ムギュッと、芝生の縁のブロックにタバコをねじつける。屈辱感の針が振り切れ、プシューッと頭の分泌物のバルブが開く。こうなったらやけくそである。

「わかったよ、おれはあのネズミみたいな奥さんに賭ける。絶対勝つぜ、あの奥さん」

庄ちゃんは片腰を浮かせ、ズボンの尻ポケットを探った。毎朝、五百円ずつ奥さんにもらう。庄ちゃんが自由になる金はこれだけだ。

「おれも男だ、あり金ぜんぶ賭けるぜ」

庄ちゃんは、芝生に正座して手製のふりかけ弁当を食べている少年に呼びかける。

「仏沢くーん」

ぼうぼうの髪の中から、豆みたいな目をぱちぱちさせて、少年は顔を上げた。

「これ、預ってくんねえかな。今からおれと深さんは、勝負するんだ」

「勝負するの?」

「そうさ」

「あぶないよ。勝負は」

仏沢くんが不思議なことを言う。

「男ってのはなあ、あぶないことをするんだ」

庄ちゃんもまた不可解なことを言って、仏沢くんの掌に五百円玉を握らせた。

「深さんも出しな」

しつこく言われて、仕方なく深さんもポケットから、折りたたんだ五百円札を出した。その折れまがった岩倉具視（ともみ）の顔を見たら、自分の方が時代の先端を行ってる気がして、庄ちゃんは心がなにがし安らかになった。

＊

午後三時半。「有限会社深田外装」の三人は、休憩を取りに、再び桜の下に戻ってきた。

「あぢー」

庄ちゃんはさっそくヘソ出しにして、水筒の麦茶をぜんぶ飲み干した。

木陰はずいぶん広くなっていたが、相変わらず蟬たちはジャージャー鳴くし、キーンと、マイクのハウリング音が、湿気で飽和状態の空気をひっかく。公園の中央広場でアマチュアバンドの予行演習でも始まるみたいだ。

並木道には出店も出そろい、見物客たちが、もう早ゾロゾロ歩いていた。

「いらっしゃいませ、アイスはいかが。メロンにピーチ、果肉入りの手作りソフトです」

張りのある声に、庄ちゃんはまたご丁寧にドキリとした。

アイスクリーム屋は予想通りのにぎわいだ。一方、タコ焼き屋は、ものを売っているお店だということさえわからない。殺風景なテントの下で、ネズミのごとき主婦は、折りたたみ椅子に呆然と坐っていた。

自分があり金全部を賭けた相手をつくづくながめて庄ちゃんは溜息した。しかし、なにゆえにこの主婦は、一人きりで店を出しているのだろう。

ああ。こりゃ、「コマエさん」だ。

庄ちゃんは昨日やはりこの木陰から見た、主婦たちの打ち合わせ光景を思い出した。

――じゃあ、ここにテントを張るわけね。

――そう、二つ並べてね。

――こっちがタコ焼き、こっちがアイスクリームって感じね。

主婦たちはどうやら、「同じ年の女の子を持つ母親グループ」のようであった。

――で、店番なんだけど。

アサカワさんが、大きく腕組みして言った。

――私は主に、アイスクリーム屋の方を受け持つわね。

あら、じゃあ私も。

私も。

私も。

と、美人主婦たちが次々と追随した。

――じゃあタコ焼き屋は、コマエさん、お願いするわね。

美人たちがいっせいに、ネズミのような主婦を見下ろした。眼力の槍衾（やりぶすま）に囲まれて、コマエさんはモソモソ言った。

――でもあの、みんなで交代ってことでは……

――「主な分担」のことを言ってるのよ。じゃあコマエさんがアイスクリームやる？　私はどっちでもいいけど。

庄ちゃんの妻と同じ声で、アサカワさんはウスノロの仲間をやりこめる。なかなかに意地が悪い。自分のおしゃれなチームにはお前を入れてあげないよ、と言っているのである。庄ちゃんは、女房の声を悪用されているような、何かいやな気がした。だらしのない男ながら、人と人の友誼を重んずる庄ちゃんは、こうしたどす黒い意地の悪さに対しては、ひどく潔癖だったのである。

――でも、あの、私一人じゃ……

コマエさんがもそもそ言うと、

――じゃ、ヨシダさん、この人と一緒にタコ焼き屋やって。

アサカワさんは子分たちのうち、いちばん端にいた主婦に目を定め、断じた。

――えー。そんなあ。

ヨシダさんが全身で拒絶する。

――じゃ、スズキさん。

アサカワさんは主婦たちの名を次々呼び、結局みんな一人ずつ「えー」と答えた。それで、今日、コマエさんは一人、タコ焼き屋のテントの下にいる。

気の毒になと、人情にだけは厚い庄ちゃんは思った。

だけどあんた、そんな顔してたんじゃ、おれだってイジメたくなるぜ。どうにかさ、がんばって女王さまを見返してやれよ、な！

庄ちゃんは胸が燃え出して立ち上がった。

通行人のふりで、アイスクリーム屋の前をふらふらし、金庫をのぞいた。十枚ごとに折りたたんだ千円札が、何束も入っていた。一方、タコ焼き屋の金庫は開いてもいない。

「あのう」

庄ちゃんの前に、暑苦しい湯気とともにタコ焼きがさし出された。

変にかん高い声で、コマエさんは笑った。かなり緊張しているみたいだ。

「あ、味見してください。どうかお願いします」

早口で言って、上目で庄ちゃんを見た。ハムスターみたいな、つぶらな目だった。

こういう事態は、庄ちゃんの身に実際、しばしば起こった。彼のしまりのなさは、よく言えば開放性の高さであって、なんとも話しかけやすい雰囲気をたたえているらしく、横浜や鎌倉へ仕事に行くと、よく修学旅行の中学・高校生、おばちゃんグループから道を尋ねられる。普通、作業服の赤黒いおやじに道なんか聞かないだろうに。

「なんだいこれ、ばかに辛れえな」

言われてコマエさんは、齧歯類のように笑った。

「キムチ味です。こっちはチーズ入りです」

キムチなど、当時はまだ出始めの食品であった。一応、商品に工夫もしてあるのだ。庄ちゃんは喜ばしい気持ちになった。

「よし、おれが呼びこみやってやるよ」

タコ焼きのトレイを手に、庄ちゃんは声を張りあげた。

「いらっしゃいませいらっしゃいませ。タコ焼きタコ焼き、タコ焼きはいかがですか。ぴりりと辛いキムチ味に、こってりまろやかチーズ味、さあ、いらっしゃーい」

バンドの演奏を聴きに行くのか、中学生くらいの女の子たちがやってくる。庄ちゃんのへソ出しルックを見て笑ったので、庄ちゃんは楊枝に刺したタコ焼きをつき出して、「おじょうちゃん、いかが」と追いかけた。少女たちはキャーキャー言って逃げてくれた。

「いらっちゃいまて、いらっちゃいまてー」

向かいの並木の下から、幼い声が響いた。
三、四歳の、髪の毛を頭の両わきで結わえた女の子が、しゃがんで庄ちゃんに笑いかけていた。プラスチックのバケツとスコップ、桜の根元の乾いた土を水でこねて作ったただんごが、足元に並んでいる。
「たこやきたこやき、たこやきはいかがれしゅかあ」

近ごろ娘の笑顔を見ていない庄ちゃんは嬉しくなり、すきっ歯で笑ったが、隣の木陰から飛んでくる冷たい視線にはっとした。

深さんが新聞の陰から、仏沢くんが正座して、猫のようにこちらを見ていた。

庄ちゃんはしぶしぶ木陰に戻った。二人とも何も言わない。庄ちゃんも黙って胸ポケットを叩いた。だがタバコはもうない。

「深さん、タバコくれよ」

「そんなもの、二十歳になる前にやめたね」

「けっ。何が楽しくて生きてんだか」

深さんの趣味と言ったら登山くらいである。

ああ、冷たい缶コーヒーでも飲みたいな。しかしもう小銭一枚もない。

仏沢くんの横に、お茶の入ったポリタンクがころがっていた。庄ちゃんはそれを取ってキャップを回し、ごくんごくん。飲んだ。どぼんと、容器の中で飛び跳ねたお茶の音がやけに重いな、と思った瞬間、

「ぶはーっ、なんだこりゃあーっ」

庄ちゃんは飲み込んだものを吐き出した。

苦くて臭くてえぐくて、鼻も舌も胃も曲がりそうだ。

仏沢くんがうふふと、笑った。

「そしつがない子は、飲めないんだ」

「なんだよこりゃ、え？　犬のしょんべんでも煎じたのか」

「熊の爪の垢と苔とふようどのジュース」

仏沢くんはなにがし得意そうに言う。

「土ご飯とか、松の葉っぱも食べるの。そしつがないとダメなんだよ」

小さな目を光らせて、珍しく饒舌だ。

「おまえさん、変わってるね」

「そしつがあるんだ」

「何の素質だい？」

仏沢くんは、お尻でいざって庄ちゃんに顔を近づけた。

「な、なんだよ」

庄ちゃんの耳穴に唇をくっつけて、言う。

「あ？」

庄ちゃんは怪訝な顔になる。

「おい深さん、あんたんとこの若えの、『通信教育』で天狗さまの修行してるんだってさ」

「だめだよ！」

仏沢くんが庄ちゃんに飛びかかり、平べったい手で口を覆った。芝生の匂いがする。

深さんが言った。

「大きな声で言うなよ、秘密なんだから。な」

仏沢くんが、にっこりうなずいた。

「いらっちゃいまてー」

女の子のどろんこ屋さんにも、お客が来たようだ。「オオカミカット」の女王ジュニアが、手下どもをひきつれて女の子を囲んでいる。

「いかがれしゅかー」

答え代わりに、女王のあんよが持ち上がる。

ぐしゃっ。タコ焼きを踏みつぶした。

「やああん、だめえっ」

悲鳴を合図に、手下どもがいっせいに、並んだダンゴを次々踏みにじった。

「だめーっ、たこやき、ふんじゃだめー」

「へえ、これ、たこやきなの」

「オオカミ」女王のすぐ隣にいた一の子分が、小さいのに一丁前に意地の悪い目を光らせた。

「しょんならちょうこ見ちぇてよね」

泥だんごのくずを握って、女の子の顔に、ぐしゃっと押しつけた。

張り裂けるような泣き声が上がる。

「きったなあい、ミカちゃんどろ食べたー」

幼いわるものたちは、よこしまな凱歌をあげて、アイスクリーム屋へ逃げてゆく。

「ひっでえなあ、おい」

言いながら庄ちゃんは、まわりの空気が細かく振動しているのに気づいた。

震動の発生源は、仏沢くんだった。ぶるぶる震えながら少年は立ち上がる。立ち上がったもののなぜか女の子とは反対の、照りつける芝生のまん中へ行って、ぐるぐる歩きまわりはじめた。女の子の泣き声を伴奏に、だんだん、バターになってしまうんじゃないかと思うほど、仏沢くんは激しくまわり出す。

「よう、ほっといてだいじょうぶかい」

庄ちゃんは深さんに聞く。

「ああ。じき、おさまるんだ。人がいじめられてるのを見ると、自分が苦しくなっちまうんだ、あの子は」

庄ちゃんも深さんも落ち着かないが、小さい女の子に自分たちのようなおじさんが寄っていったら、誘拐魔と間違われかねない。

「どこの子だい。親は何してんだか。それにあのアイス屋の奥さんもあんまりだよな、自分の子ども叱りもしねえで」

無法者どもの母親たちは、引きも切らないお客の対応に夢中だ。

「あ、泣いてるう」

「ねえどうしたの」

はなやいだ声が、別の方向から飛んできた。

色とりどりの浴衣の、高校生くらいの少女たちが、「ミカちゃん」のまわりにかけよってきた。

「おめめにお砂が入っちゃったの？」

「かわいそう」

「上向いてごらん」

一人が、折ったハンカチの角を舐めて、上手に目の汚れをすくい、顔についた土も払ってやる。近くの看護高等学校の生徒たちかもしれないが、この当時は、かくのごとき親切な少女たちがあたりまえにいたものなのである。

「おじょうちゃん、ママは？」

「あっち」

小さな指がさしたのは、真向かいのタコ焼き屋だった。悲しそうにうつむいて立っていたコマエさんが、顔をあげた。

「なんでえ！」

庄ちゃんは思わず声をはり上げた。気が弱いにもほどがある。自分の子さえ助けられないとは。

だめだな、あんな女に勝ち目はねえ。

浴衣の少女たちが、ミカちゃんをつれてゆくと、コマエさんは頭を下げ、少女たちを引き留めて、アイスボックスからボウルを取り出し、忙しそうに手を動かし始めた。鉄板に油をぬり、金属の絞り器をにぎる。

「ラッキー」

少女たちは、できあがったタコ焼きを受け取って、はしゃぎ始めた。

「かっらーい」

「うまーい」

喜ぶ少女たちに、コマエさんは歯を出して微笑んだ。少女たちのまわりに、その友人たちが下駄を鳴らして寄ってきた。

「これおいしいよ、まじ、ちょっとちがう」

一人が、友達の口にタコ焼きを入れてやる。

「あちっ、あちーよ、まじ」

かんしゃく玉みたいに飛びはねて、げらげら笑っている。若い娘というのはどうしてこう何でも楽しそうなんだろう。おれも来世はぜひ女子高校生に生まれたいと庄ちゃんは願った。

かくして、あっという間だった。

にぎやかな声に引かれて、同じ年ごろの少女たちが、ついで少年たちが、さらには子どもづれの母親が、吸い寄せられるように集まり始めた。

「おいおい、見ろよ」

庄ちゃんは身を乗り出していた。

「ひょっとしたら、ひょっとするぜ」

しかし、集まった客の流れはひどく遅い。コマエさんは青い顔をして、てんてこまいしている。商品の製造が間に合わず、お金の受け渡しもままならないようだ。

すると、隣のテントから、アサカワさんの子分の主婦が一人やってきた。庄ちゃんは拳で掌を打つ。

「いいとこあるじゃねえか。手伝ってやってくれよ美人の奥さん！　おれのためにもよ」

ところが主婦は、片手に五千円札をひらひらさせて言ったのだ。

「コマエさん、両替してくれないかしら。うち、つり銭なくなっちゃって」

コマエさんは目を白黒させて、ボールを置き、エプロンで手をふいて、あたふたと金庫の小銭を数える。

「ちょっと、早くしてくださいよ」

無情な客がせかす。その声に、数えていた十円玉の枚数がわからなくなり、コマエさんはうろたえて本物のネズミのように、コンロと金庫の間をうろうろする。

「きたねぞデカパイ！　おまえの命令だな」

心なしか、お金をくずしてもらった主婦とアサカワさんが目配せしてニヤッと笑った気が、庄ちゃんにはした。

「よし、おれが手伝ってやる」

「庄ちゃん、休み、あと五分だぞ」

深さんは言うけど、庄ちゃんはふり向かない。お客をかき分けタコ焼き屋のテーブルの内側に入った。

「手伝うぜ、奥さん」

庄ちゃんはヘソ出しを直し、赤黒い顔にすきっ歯を光らせて頼もしげに笑った。

「え、あの、でも、あら」

「売れてもらわなきゃ困るんだよ」

コマエさんは考える余裕がないらしい。焼き上がったタコ焼きのトレイを、庄ちゃんに渡す。庄ちゃんは片手にソース、片手にアオノリの缶をもって振りかけ、つま楊枝をさして、威勢よくさし出しお金を受け取る。

「はいお待ち！　三百万円のお返し！」

はいはい、いらっしゃいませー！

景気づけに手を打ち鳴らして声を出すと、

「はいはい、いらっちゃいまてー」

ミカちゃんが、庄ちゃんの脇へ来て笑った。

お客はすいすいと流れ出す。面白いように金庫の金が増えていった。

気がつくと、空が暗かった。涼しくなったなと思いきや、夏とは思えない、冷たい風が吹き渡ってきた。

寒くなったせいか、アイスクリーム屋の客足はとだえはじめる。何気なく目を芝生にやって、庄ちゃんはどきりとした。

芝生の真ん中で、仏沢くんが、両腕をまっすぐこちらに向けて差し出し、掌で何かを押し出すようにしていた。ぼうぼうの前髪の中で、小さな目があやしく光っている。

この突然なお客の流れといい、急な天気の変化といい、いったい……

「あら、手伝おうと思ってきたけど、必要ないみたいね」

いつの間にか、アサカワさんが、腰元を一人つれ、庄ちゃんたちの前に立っていた。

「こちら、どなた?」

アサカワさんは、とがった顎で庄ちゃんを指した。

コマエさんは、手を止めずに首をかしげる。実際、どこのどなたなのか知らないのだ。

だが女王は、「格下の人間が逆らった」と思ったらしい。柳眉をつりあげた。

「あらそう。話せないような間柄なんだ？」

それを聞いてたちまち、庄ちゃんは調子に乗った。

「そういう間柄なんです。つきあってたんですよおれたち。中学ん時ね」

いい加減なことならいくらでも言える。

庄ちゃんのすきっ歯に、アサカワさんたちが思わず失笑する。庄ちゃんはますますのってきた。ちんちくりんのコマエさんが、真実かつてのあこがれの美少女だったように思えてくる。

「彼女、高嶺の花だったんですよ。バレー部のキャプテンでね、つきあいたがる男がたくさんいて、みんなで送り迎えして交代でカバンもたせてもらってさ。なつかしいなあ。今日はここで偶然再会したんでね、おれもう、うれしくってさあ、ねえ、さくらちゃん」

さくらでは、ないですが……

タコ焼きをひっくり返しながら、コマエさんはつぶやいたけれど、その口元はやわらかく微笑んでいた。

アサカワさん主従は、つまらなそうに横を向き、どすんどすんと帰っていった。

「ありがとうございました」

大きな声でコマエさんが言った。

楽しくなって、庄ちゃんも声を張りあげる。

「さあいらっしゃいませ、どんどーんいらっしゃいませ」

「どんどーんいらっちゃいまてー」

足下でミカちゃんがうれしそうに口まねし、コマエさんの笑顔もはじけ出す。

「何よ、天気予報とぜんぜん違うじゃない」

隣のテントから、ぼやき声が聞こえる。

「どうなっちゃってるの！」

こうなっちゃってるのよ。

芝生では仏沢くんが、泥のように青黒い顔をしながら、念力を送り続けている。

その調子だ仏沢くん。がんばってくれよな。

いつしか、タコ焼きを求めるお客の列は、公園の入口まで伸びていた。庄ちゃんの全身の血は沸き、肉は踊り、アドレナリンがさかまく。うわごとのように言った。

「おれはよう、あんたを見こんだんだ。絶対あんたが勝つっておれにはわかったんだ」

コマエさんはこくんとうなずいた。

「チーズ味一つ」

お客が聖徳太子をさし出した。

「小銭がねえや」

ちょっと待ってくださいねと、庄ちゃんは五千円札を握ってかけ出した。

「庄ちゃん!」

桜の下で深さんが呼んでいる。だがその声は、輝くばかりの興奮の分泌物で満たされた庄ちゃんの頭までは届かない。

「庄ちゃん!」

さらに激しく、深さんが呼ぶ。

「両替してくんねえかな」

アイスクリーム屋をのぞきこんだ。ふり向いた主婦たちの顔が、青ざめて見えた。

「ばかやろう、庄次っ」

ふりむいた庄ちゃんは、ぎょっとした。

芝生の上にのびた仏沢くんの手足が、ぴくぴく動いている。深さんがその頭をかかえ、口にタオルをかませていた。

「救急車だ、庄ちゃん!」

*

春。

有限会社深田外装の面々は、再び、南ツルマ運動公園の桜の木の下にやってきた。灰色の枝に、茶色いつぼみが膨らんでいる。

だが面々といっても、きょうは社長の深さんと仏沢くん、二人のみである。

彼らから少し離れた芝生の上に、おそろいの赤いスポーツウェアの女たちが、お弁当を広げていた。さっきまで体育館の中で、靴をキュッキュッといわせながらボールを追っていたママさんたちのようだ。

「悪いねコマエさん、審判ばっかりさせて」

「いいの、中学の時もそうだったから」

体格のいい主婦たちに、小柄な仲間が一人まじっている。その傍らで、両耳の上でおさげを結わえた小さな女の子が、手を飯粒だらけにして、くずれたおむすびにかじりついていた。

「実際たすかるわ。審判できる人少ないから。今度、審判講座ひらいてよ。そしたら、コマエさんもプレイできるじゃない？」

「ほんと？　うれしいな」

子どもの手の飯粒をとっては口に入れながら、コマエさんは微笑む。

持ち寄ったいなり寿司や卵焼きを交換して、女たちは楽しそうだ。

「ミカちゃんだ」

仏沢くんがぽつんと言った。深さんが日本経済新聞から顔を上げる。

「コマエさん、友達ができたね」

仏沢くんがさらに言ったが、深さんは意味がわからないのか、いつものこの少年の不思議な独り言と思ったのか、また新聞に顔を戻した。かれは人格者であったが、やはり男性なので、器量のとくによくない女性には関心がなく、覚えてもいないらしい。

「庄ちゃんのおかげだね」

あやしげな仏沢くんの言葉にはかまわず、深さんは、新聞に眼を残したまま答えた。

「庄ちゃんか。今日、見舞い行ってやるか。あいつは寂しがり屋だし、そろそろ新しいパンツ買ってってやらないとな。面会、八時までだろ」

「おれ、庄ちゃんのパンツお洗濯してあげるよ」

仏沢くんがいうと、

「やめとけやめとけ。あいつのパンツは汚いぞ。履いたのは捨てちまえばいいんだ」

深さんは言って新聞をたたみ、腕時計を見た。

「あとちょっとだ。さっさと片づけて今日は早めにしまいにしよう」

仏沢くんは腰を上げると、

「うけたもう」

妙な言葉で答えて、弁当の包みと茶色のジュースの入ったポリタンクを、ザックにしまった。

（了）

……この四人の中学生がその後どうなったかは、現在わたくしには、一例しかわかりません。幸せになっていてほしいものですが、しかし残念ながら、民話研究者などが採集した「天狗遭遇譚」には、不幸で残酷な実例が多いのも事実です。

天狗に連れて行かれたらしい人が、殺されて見つかったり、また生還したものの、ロボトミー手術を受けたように廃人同様になったり、すさんだ人格の持ち主になったり。

こうした例はおそらく天狗ではなく、農作業中の親御さんが、田んぼの畔に寝かせておいた幼児が猛禽類にさらわれた、その悲しい結末だったり、現実的に何か悲惨な犯罪の犠牲にされたのではと考えられます。なんとか生還しても、心に傷を負い、今で言うＰＴＳＤのために重い抑うつに取りつかれ、「廃人」のようになってしまったのかも知れない。戻った人を迎えた村や町の社会では、いろいろな事情からこの被害を直視できず、「天狗の仕業」という落としどころをみつけたのでしょう。

ところで、「天狗にさらわれる」のは、主にどんな子でしょうか。

採集された天狗遭遇譚を見渡すと、だいたい愚鈍な人、ちょっと変わった子、ずれていてみんなについていけない子が、「天狗さらい」に遭うように思えます。

ちょっと胸が苦しくなります。こうした人たちは、どこか自分を守るのを忘れているようなところがあって、どうかすると犯罪の被害にあったり、悪事に巻きこまれたりしがちで、そのうえ、被害を訴えても相手にされないでしまうことが多いものですから。

しかし、そんな「現実的解釈」ではどうにも説明の出来ないことも、実際に起こっていたのではないか。つまり、「天狗が子どもをさらう」というのは実際あった、と、わたくしは思うのです。天狗というのは、「素質」のある子をみこんでつれてゆき、修行させたんじゃないか……あ、皆さん、どうかそんな変なお顔をなさらないでください。

非科学的だ？　学術になってない？

それは違うと思います。科学というのはそもそも、あらゆる現象に対して、先入観を捨て、虚心坦懐に見極めようという営みです。この世には人間の知恵ではとうてい及ばないような真実なぞ、絶対に隠れていない！　とは誰も言い切れないでしょう。

天狗なんていない。そんな予断と偏見こそ、まさに非科学的と言うべきではないかと、わたくしは思います。

みなさまどうぞ、心を落ち着け、まずは、文化文政時代の国学者、平田篤胤（あつたね）が書き取った

『仙境異聞』という書物から、さきほどの寅吉少年の体験を聞いてください。

　平田篤胤というと、先の戦争時代にこの国を「天皇陛下バンザーイ」と、むごい侵略戦争へと駆り立てた、国家神道の元祖と言っていい人ですので、心ある人は眉をしかめたくなる名前だと思います。それについて、篤胤自身は無罪だとのエクスキューズはいくつかできるでしょうが、それはさておき、ここでは、この平田篤胤という人の偏見のない、公平でオープンな好奇心、まさに科学の精神の持ち主であった面に敬意を払って、彼の書き留めた、天狗少年、寅吉の体験談に耳を傾けたいと思います。


　文化三（一八〇六）年、江戸下谷七軒町で小商人の子として生まれた寅吉は、幼い頃から、近所の火事や父親の怪我、空き巣被害などを予言する、ちょっとした超能力少年でした。七歳の時、ぷらぷら一人歩きして、今も上野公園の広い敷地内にあります五条天神、このお社の前で丸薬の露店を出していた、髭も髪も長い不思議な「老翁」に出会います。

　店じまいの時刻が来ると、老翁は、商品から筵から何から、すべて小さな壺に放り込んで片づけ、自分も片足から壺の中へ入り、すぽんと全身ねじこむと、壺ごと空へとびあがり、東の空へと去って行きました。

　また後日、寅吉がその露店へ出かけますと、店じまいの時刻、老翁は寅吉を手招きし一緒に行こうと誘います。ためらうと、そばの露店で菓子を買ってくれたりするので、寅吉も壺に入りました。壺に入って飛んでいったのは、常陸の南台丈（なんだいだけ）という山。そこであれこれもてなされますが、夜になると家が恋しくて泣き出します。そこで老翁は「では送り返してやるが、これからも五条天神の前に来い。だがこのことを人に語ってはならぬぞ。目をつぶって背中に乗れ」と言い、寅吉を背負って空を飛びます。耳に風が当たってざわざわと鳴るのを聞くほどに、江戸の家についていました。

それ以後も寅吉は、しばしば老翁と一緒に山へゆき、花を摘んだり魚をつかまえたりして遊んでもらい、また諸国へでかけて名所見物をしたりします。

そうして十一歳になったとき、寅吉は南台丈の南にある岩間山へ連れて行かれ、そこで杉山山人という天狗に引き合わされて弟子入りしたということです。岩間山は、十三の天狗が住んでいるといわれ、頂上に愛宕神社をいただく山です。

そんな寅吉を前に、平田篤胤たちがまず関心を抱いたのは、「天狗」とは何か？　ということでした。

大人たちに聞かれ、寅吉は、人間たちが「天狗」と呼んでいるものには五種類ある、と言います。それを箇条書きにしてみました。スクリーンをご覧ください。

〔「天狗」の種類〕

①人間だったが、何かの理由で山に入って暮らし、すっかり山の生物として自然にとけこ

み、樹木のように長生きする者。
②深山に自然発生する魑魅魍魎（ちみもうりょう）。姿は人間に近い。
③山に住む生き神さま。仏教伝来以前から日本の山にいる。神通力を使い、神道を奉じる。山や神社を守護している。（寅吉の師匠、杉山山人は、これだそうです）
④仏教の世界で出家遁世して、仏を崇拝する山に住み、仏の功徳を施す者。
⑤現身を脱ぎ捨てて、脱魂し、幽界に行きっぱなしになっている魂魄。

さて。岩間山で修行を始め、ときどき家に戻されていた寅吉ですが、江戸の家では、父が病の床につき、まだ十四、五歳の兄がなんとか商売をついで家族を養っていました。次男の寅吉も身の振り方を決めねばなりません。この時代の「子ども時代」は、短いんですね。

このとき杉山山人が「われわれは神道を奉ずるが、しばらくは仏道の教義も学べ」と達したそうで、寅吉は母と兄に乞うて、池之端の禅寺、正慶寺に小僧に入ります。寺に入ってからも寅吉は、失せ物を探したり、富くじのあたり札を予言したりして騒がれ、寺から追い出されてしまいます。おそらく、掃除などの日々の地味な役目に身が入らず、きちんとできなかったんじゃないでしょうか。次は、日蓮宗の覚性寺へ移りますが、こちらも長続きしませんでした。

奉公先が定まらぬ間も、寅吉はしばしば岩間山に呼び出され、修行をしたそうです。

その天狗の修行とは、どんなものだったのでしょう。寅吉はこと細かに答えています。
まず弟子入りする際に、「百日の断食」――百日とは信じがたいですが――をしたそうです。そのあとは「火の行」。これは、一町（ちょう）つまり一〇九メートルくらいの長さに炭火を並べて、その上を裸足で渡るという行だそうです。つぎに寒中三十日の水行。単衣（ひとえ）の着物一枚で、なんと日光の華厳の滝に一日中うたれるのだそうです。日が沈むと滝を出てご飯を食べて寝る。これをくり返すうちに、口から白いだんごのようなふわふわとしたものを吐くようになるのだとか。

入門した寅吉は、幼いころから習いたかった卜占を教えて欲しいと頼んだそうです。すると師匠は「そんなことは簡単だが、よからぬことだ。まず基本を学べ」と、諸武術、書法、神道について、祈禱や呪禁の作法、護符の書き方、御幣の切り方、薬の製法、空砲など武器の製法、仏道の経文・秘事などの基本的教養を授けてくれたそうです。

そんな学習のほか、様々な難行も課せられた。たとえば、粟一合、小豆一升などを、線香一本が燃え尽きるまでに何粒あるか数えろ、とか、遠くの野原に豆を四合も撒いて「全部拾ってこい」とか。そのほか、暑いときには綿入れを着、寒いときは木綿の単衣で過ごすとか。最も恐ろしかった修行は、空を飛んでどこか知らない山の中に置き去りにされるサバイバル訓練だったそうです。岩壁のテラスにおろされて、自力で這い戻ってきたり、どこともわからない山中に捨てられたり……

十二歳になると、もう岩間山へは行かず、下界にいる寅吉を、折々師匠の方が誘いに来て、兄弟子たちとともに旅に連れ回したそうです。日本列島の各地はもちろん、唐土(もろこし)や夜の国、犬人間の国なども訪れたと言います。

いわば、スクーリングを多用した通信教育ですね。とはいえこのスクーリングは、時には二十日、五十日、百日とかかったそうです。それだけ長く家を留守にしていたのに、寺に入ったり追い出されたりしているせいか、母も兄姉も誰も気付かなかったといいます。

あるとき寅吉は、上州の妙義山の山中に連れて行かれ、置き去りにされてしまいました。なんとか山村にたどりつき助けを求めて、名主の家に泊めてもらい、やってきたお坊さんのすすめで土地の神道家に弟子入りして、どうやら一、二年暮らしていたそうです。そこへ、兄弟子が岩間山から迎えに来る。岩間山に帰ってそこに半年ほどいて……それから江戸の母と兄の家へ戻ります。

母と兄から見たら、寅吉はとんでもないぼんくらのふらふら者です。今度は武家に奉公にやられるのですが、これも勤まりません。また別の家に身を寄せて、まわりの者に岩間山での体験談をしていたとき、偶然出会ったのが、薬商で考証学者の山崎美成(よししげ)。当代一流の若き文化人です。寅吉は山崎家に招かれ、学者たちに囲まれ、「噂の仙童」として評判になります。それを聞きつけたのが、江戸で大人気の国学者、平田篤胤でした。

寅吉は、篤胤の誘いに応じて、いろいろと堅苦しかったらしい山崎の家を出て、平田家に身を寄せ、集まってきた農学者、医者、神職など好奇心旺盛な人々に囲まれ、天狗とは何者か？　その生態は？　また、神や仏や人間の霊魂についてなど、あらゆる質問を受けてはいきいきと答えてゆきます。平田篤胤という融通無碍の知性が、これを傾聴し書き取ってゆく。文化爛熟時代のクライマックスといえる一瞬です。

　こうして、寺の小僧も武家奉公も務まらなかったダメ少年寅吉は、一躍時の人となり、後世までその姿を書き留められることになります。

　こんにちの、科学で頭の固くなった我々は、こんなのは目立ちたがりの少年の作り話か、精神錯乱して見た幻覚に決まっている、と考えるでしょう。当時もそんな人が大勢いて、寅吉や平田篤胤らを嘘つき呼ばわりしたり、嘲笑したり、または篤胤がだまされているのではと真心から心配し、苦言を呈したりしていました。

　確かに寅吉の話にはややつじつまの合わないところがありますし、仏教をバカにして神道をほめたたえるなど、当世、庶民にまで流行していた平田国学に迎合しているのでは、と思われる部分もあります。しかし、すべて嘘か幻覚だと片づけてしまうには、寅吉の話は細かいディテールが豊富でリアル。とても出まかせとは思えません。何しろ自分でも読めない難しい字をさらさら書いてみせるし、幕府御用鉄砲鍛冶で太陽の黒点観測などもしていた科学者、国友能当を相手に火薬を用いない「風砲」の作り方を講釈するし、求めに応じて御幣もきれいに切り、竹笛も手早くこしらえて見せます。師匠の持つ羽うちわ、神事に使う供物の作成法も説明しますし、神事で舞う七詔舞（しちしょうのまい）も実演し、それがみごとなできばえで、見ている大人たちの心を打ちます。とても人生経験の少ない少年が一人ででっち上げられるものではない。

　そのうち水戸藩の高名な学者や殿様の奥方が、寅吉に会いたいと、平田篤胤に申し込んでくるようになります。

　こうして世間の耳目を集め、大人たちからかわいがられ、もてはやされていた寅吉でしたが、やはりそんな人気は、長く続きませんでした。

　十五歳で平田篤胤に出会った寅吉は、それから五年ほど平田家に下僕として仕えていたそうですが、二十歳の歳、神田祭を見に行くと言って外出し、またしても行方不明になります。と思ったら、それから九カ月後にひょっこり帰ってきてわびを入れ、また平田家に仕えますが、天狗に呼ばれたのか、またふらふらどこかへ行ってしまい、しかしもう、そんな話に誰も興味を示さない……

　人気をなくしてからの寅吉の焦燥を、わたくしは思います。篤胤は、寅吉の話を『仙境異聞』という本にまとめると、次は、自らの生まれ変わり体験を語る子ども、「勝五郎」に注目して家に迎え、記録を書きますが、これが終わると、もはや天狗小僧どころではなくなります。篤胤は、学者としての身分をくれない主家を辞し、国学者として天皇に著書を叡覧せしめんと上京し、神道の総元締めである白川家、吉田家の教授職に就こうと運動を始めたのでした。

寅吉と篤胤の出会いから四年後、十九歳になった寅吉より一つ年上の、篤胤の一人娘お長（ちょう）が、新顔の優秀な門人、碧川篤真（みどりかわあつざね）を婿に迎えます。後に銕胤（かねたね）と改名する篤真とお長は、夫婦して優れた事務能力で平田国学の名望を広げてゆくわけですが、これから数年の間、この夫婦はほぼ一年おきに、篤胤の孫を誕生させます。篤胤自身も次々と話題作を書き、門人たちと各地へ旅行します。次々と入門して来る人の中には、国元で貧窮民救済に身を挺するような、立派な門人も現れます。周囲の人たちが、どんどん自分の道を進んでいくわけです。

そんななか寅吉は、自分の道を見つけられません。下僕としても使いものにならないし、平田家でももてあまされたのでしょうか、二十三歳の時、見かねた篤胤の友人が、寅吉を医者の弟子にしようと言ってつれてゆきますが、寅吉は、勝手に剃髪して坊主になってしまったようです。そしてその後の寅吉の行方は、誰も知らないということです。

寅吉はとても可愛いやつだった、と平田篤胤は書いています。無邪気で人なつこく、机に向かっている篤胤の膝に頭を乗っけたり肩にもたれかかって甘えてきたり、兄弟子が大坂へ去ることになると、相手の顔を両手で包んで鼻をこすり合わせ「これ鼻向けなり。つつがなく帰りてまた春早く来たまえ」と別れを惜しむ、純な心の持ち主でした。かと思えば、机の端っこを噛んだり錐で穴をあけたり、裸足で庭へ出て駆け回り、そのまま泥足で座敷へ上がってきたり、紙鉄砲で小石を撃って張り替えたばかりの障子や襖を打ち破ったり、書き物をしている兄弟子の耳に小石を入れて大騒ぎになったり、とんでもないいたずらをしたそうです。今で言う、発達障害、ＡＤＨＤ（注意欠陥多動性障害）のようですね。いつもよそ見して、まっすぐ坐っていられず、きょろきょろよそ見ばかり……

おや、みなさんもですか。もしもーし。よそ見しないでくださいな。

　窓の外に何か？

……ああ、窓ガラス清掃さんですね。

おお、すごい。こんなの初めて見ました。ブランコに乗って、右から左へぶーんと。一回で体を左右に振って、窓三連、六枚も拭いちゃうんですね。うわ、あっという間だ、うまいもんですねえ……あ、そんなことはどうでもいいです。

　すみません、カーテンしめていただけますでしょうか。

はい、スクリーンをご覧ください。あら、カーテンしめたら、スクリーンよく見えますね。

係の方あ、最初からカーテンしめてくださらなきゃ。

はい、これは常陸の岩間山、愛宕神社の写真です。三十年近く前、大学時代に訪れた時のものです。

　これは境内からの展望。関東平野がどーんと広がって見え、遠くに霞ヶ浦がもやって鈍く光っていました。

高校生の時に一般向けの歴史の本で寅吉のことを知り、大学生になったらアルバイトをしてその修行場へ是非行ってみたいと思っていたのです。もしや寅吉はこの岩間の山に帰って、今も、師匠や兄弟子たちと天狗をしているのではないかと、もしかしたら会えるのではないかと思ったのです。

高さ三〇五メートルの岩間山は、ＪＲ常磐線の岩間駅から歩いて一時間足らずで登れます。頂上まで車道が通っていて、神社の後ろには広い駐車場がありました――現在では、ロッジやバーベキュー広場まであるようです――。そこから北西へ、七歳の寅吉の降りたった南台丈へ向かって伸びる尾根づたいの登山道は、幅も広くて明るい森です。

ふと、寅吉はここには帰ってこなかったんじゃないか、そんな気がしました。

それにしても、寅吉が平田家で居場所をなくしているとき、なぜ杉山山人は、寅吉を迎えに来てはくれなかったのか。寅吉が人間に天狗界のことをしゃべってしまったので、破門したのでしょうか。

しかし、なにかどうも、天狗とはそうきちんきちんと教義に忠実ではない、どこか気まぐれな、いい加減なところがある生き物にも思えるのです。子どもを連れて行くけれど、最後まで面倒を見ずに送り返したり。悪くすると捨ててしまったり……

（つづく）

夏の光線

鯨川かんなは十三歳。

もう二年生なのにまだぶかぶかのブレザーに身を包んで、青白い顔に目ばかりきょろきょろさせ、分厚い鞄に身体を傾げながら、タンポポ台の坂道をよたよた登って学校へやってくる。

かんなが小学五年の時に引っ越してきたタンポポ台は、雑木林と田畑を切りひらいてできた、広大な新興住宅地だ。相急電鉄の駅が、五、六年前の七〇年代終わりにできたばかり。ペーパークラフトのような住宅が、丘二つ分の地形を埋めている。

タンポポ台の東側には、国道をはさんで畑と雑木林と養豚場もある「境田」地区の農村風景が広がり、西側には、畑地をはさんで、二十年前にできた小田急線の駅まわりに「ツルマ中央」の街がひらけている。だから、タンポポ台中学には、新興住宅街の子も、農家の子も、町場の子も集まっていた。残念ながら鯨川かんなは、そのどんな子とも、さほど親しくないのだが。

坂を登り切って、学校の前に立つと、はるかに丹沢山塊の青いつらなりが見える。左端の三角が、大山だ。

大山には去年、遠足で登った。

登って、遭難した。

大山の頂上には神社があって、その石垣の下から、大きなブナの木が、黄金色の葉で飾られた枝を、「登られよ」と誘うように広げていた。

いち早く登っていた男子たちが降りるのを待って、かんなはこの木によじ登った。

眼下に相模平野が広がり、相模湾がゆるいカーブを描いてぺかーっと光っていた。ここからジャンプしたら、風に乗り、ひとっ飛びで海までいけそうだと思った。

ふと振り向くと、誰もいなかった。考えてみれば、男子たちが降りたのは集合の笛が鳴ったからだ。

かんなはあわてて山道を下った。道は二つに分かれていた。もと来たと思う方を駆けおりたが、みんなの気配さえしない。間違ったと思って登り返すと、覚えのない分岐が現れた。木立の中をさまようううち、日が暮れ、途方にもくれた。己の心臓の音がばくばくと耳から聞こえ、それがやけにだんまりをきめこんだ山の気配にしみこんでゆく。突然、ジャージの襟首を引っ張り上げられた。

強い羽ばたきの音を聞いた。頬を切る風は冷たく、気づくと、足の下に光の屑をばらまいたような夜景が広がっていた。相模湾のカーブも、オレンジの灯りでふちどられていた。

頭上から甲高い声が夜空に響いた。

――しばらくそなたを見て来たが、いやはや、天狗好みの面だましい。そなたは世をすね、憤り、力をほしがっているな。

――あなたは……

――大山の天狗、人呼んでタマヨケ坊。

姿は見えなかったが、ああ、あの天狗さまだと、かんなはすぐに合点した。「私の天狗さま」がとうとう姿を現してくれたのだと。

気がつくと、暗い森の中だった。

大岩のたもとに三人、同じく道に迷った子たちがいた。男子二人、女子が一人。クラスも別で一度も話したことのない同士だったが、不思議にチームワークがとれて、動かない方がいいと話が決まり、おやつを分け合い、背中合わせの押しくらまんじゅうや「タンポポ台体操」で寒さを防ぎ、夜明けを待った。ふだん友だちに恵まれないかんなには、なんだか楽しかった。

翌朝、岩の向こうに現れた登山道を四人でおりた。少し下ったらもう阿夫利神社下社の境内で、階段の下のケーブル駅のところに大人たちが待っていた。ホッとしたけれど、どこか残念だった。と思ったら、飛び出してきた般若の形相の母上に、首根っこをつかまれ、かんなは、先生や地元消防団の人たちの前で土下座させられた。

遭難のいきさつについて、かんなの話を聞いた担任の先生は、

——疲れて、おそらく幻覚を見たんだね。

と言った。そう言われるとそうかも知れないと思ったが、そうでないとも思えた。母上には、恐ろしくて何も語れなかった。

あの時の四人は、二年生になった今、不思議な縁で同じクラスにいる。学級委員の堀江さんと、仏沢くんと、井戸口くんだ。でも、とくに仲良しではない。もちろん仲が悪いわけでもない。自然に縁がないだけだ。


かんなは、二年四組の教室に入る。

クラスメイトたちが、げっ、何このニオイ、と鼻を押さえる。臭気の源は、かんなの鞄にぶら下げられた緑色の玉だった。

かんなは、廊下側の一番前の席に坐る。彼女に話しかける者は、終日いない。

けれど、この日の中休みは違った。

「鯨川さん、あのね」

堀江さんだった。

かんなは驚き喜んで、もじもじした。実は、堀江さんのような人と一緒に遭難したことが、

誇らしかったのだ。

意外な笑顔に迎えられて、堀江さんは一瞬、たたりを恐れるようにたたらを踏んだが、すぐに人柄のいい笑顔になって言った。

「ごめんね、その、鞄にさげてるやつ、しまってくれないかな。臭いで頭が痛くなっちゃうの」

「これ?」

プラスチックの網に入った緑色のゴルフボール大のものを、かんなは手に取る。塩酸じみた強烈なニオイに、堀江さんはウッと息を止めたが、かんなは嬉しそうにしゃべり出した。

「これ、お小遣いで買ったんだ。トイレ用品コーナーでこれが一番安かったから。お守りなんだ。これがないと私、くさいから」

堀江さんはその美しい瞳に恐怖の色を浮かべつつ、鼻を押さえて言った。

「鯨川さんよりそのボールのほうがくさいと思う」

「そ、そうかな」

「鯨川さんはくさくないから、お願い、ね」

優しく言うと、ポニーテールをゆらし、堀江さんは行ってしまった。

「ギブアップか仏沢、ギーブアップかあ!」

教室の後ろで、男子たちが醜いプロレスをしている。

「セブン、エイッ、ナイン、テーン、カンカンカーン、ゴングです」

実況とレフリーをしているのは、去年いっしょに遭難した井戸口くんで、しめ上げられているのは、同じく遭難仲間の仏沢くんだ。

「おーっとツカザキ、手をはなしませんっ」

窓からの五月の風が、男子たちのいやらしげな笑い声と、ワザを解いてもらえない仏沢くんの泣き声を運ぶ。

どうしてだろう。どうして仏沢くんは、あんな目にあわされないといけないんだろう、毎日、毎日。

一方的にいたぶられ、なすすべもない時の、胸を焼くミジメさと恐怖と壮絶な悔しさが、かんなにはなまなましくわかった。

ああ、目から光線とか、口から火とか出して、悪い男子をやっつけられたらいいのに！

刺激臭をまき散らしながら、かんなは義憤を燃やす。

＊

鯨川かんなは、物心つくなりほぼ毎晩、暗い坂道を逃げていた。弟をおんぶし、妹の手をひいて。お姉さんだから、妹と弟を守る責任があるのだ。

追ってくるのはやまんばだ。捕まったらずたずたに引き裂かれ、ぐちゃぐちゃに嚙みちぎられる。

急に視界が開ける。大きな緑色の満月が空いっぱいに現れて、一本の、葉を落とした大木を照らし出す。

妹を登らせ、弟を下から渡し、姉弟は高い枝の上に固まる。登れないやまんばの金色の目が幹のまわりをぐるぐる回りながら光る。

――降りといで！　腐った根性をたたき直してやる！

妹と弟がかんなにしがみつく。

大きな月が、かぶさるように三人を見ている。月に向かってかんなは祈る。

――天狗さま、お助けください！

……こんな夢の後には朝がちゃんと来て、かんなが制服を着て食卓へ降りてゆくと、妹も弟も何ごともなかったかのように、いや実際、何ごともなかったのだろうけど、朝ご飯を食べている。

父上はたいていもう出勤しており、母上は、通勤の身支度にエプロンをして、庭で洗濯物を干している。

「はい。麻耶(まや)ちゃんの分」

俊介が、ネコみたいな小さな手で、食パンのミミを麻耶の皿にのせた。

「自分で食べな」

下の姉に手を叩かれて、俊介はいや〜んと笑った。俊介は末っ子でかわいがられ役で小学三年にしては小さいけれど、おんぶするほど赤ちゃんではない。麻耶の方は、小学六年のくせに姉より背が大きい。手を引いて逃げる必要もなさそうだ。

妹と弟の無事を確かめ、かんなは安堵の呼吸をする。

＊

全身を震わせ、鯨川かんなの母上は激怒していた。

「こんなものを鞄にさげて歩くバカが、どこにいる！」

その片手には、今、長女から押収した緑色のトイレ消臭ボールが握られていた。きょう家庭訪問にきた担任の先生が、母上の前で、堀江さんと同じ注意をしたのだ。先生の話を聞く母上の目が、ぎりぎりつり上がり、金色に燃え出すのを見て、かんなは凍りついた。

何がいけなかったのだろう！

先生が帰ると、すぐに詮議は始まった。

「どういうつもりだ、言ってみろ！」

べたべたした台所の床に、かんなは正座させられている。

蛍光灯の灯を背負って立ちはだかる母上の顔は、とても見られない。視界には、ワックスのかすれた床板の木目と、母上のスリッパの縫い目と、テーブルの脚の下につまった埃だけがあった。

「目立ちたいんだろ、あ?」

エッ、そんな!

思わず上げた目が、母上の恐ろしい眼光にくじけて折れる。

「目立ちたけりゃ、どうして勉強で目立とうとしない。卑怯だよ、うす汚いよおまえは。根性が腐ってる。腐ってぷんぷん臭ってるのに気がつかないか!」

だから! 自分では気がつかないニオイでみんなに迷惑かけてはと、月八〇〇円のお小遣いで一六八円もするトイレ消臭ボールを買ったのに!

かんなだって、自分に失敗が多いことはなんとなくわかるから、注意を受ければ「また何かやっちゃったんだ!」とドキリとする。でも、何がどう悪かったのか、ものごとを理解する歯車が普通と少し違うかんなにはわからない。何が卑怯なのかは、さらにわからなかった。だから、わからないまま受け入れるしかない。

鯨川かんなはうす汚い。根性が腐っている。

かんなの世界は、母上の言葉でできていた。職業を持つ母上は、友達の、家にいるお母さんたちよりずっとカッコよかった。母上の役に立ってほめられると嬉しかった。母上の笑顔が見たいのに、かんなのせいで母上は笑顔になれない。おまえはダメだ、見てるとむしゃくしゃすると、母上は心の底から言う。だからかんなは、鯨川かんなが大っ嫌いだ。

「アフリカやカンボジアにはね、食べる物もない、学校へも行けない子がたっくさんいる。それを何だ甘ったれて。自分さえよけりゃいいんだろ、意地きたない。おまえは醜いよ」

言葉のマサカリの滅多打ちが、心臓を微塵にする。かんなの目はうつろな穴になり、一滴の涙も出ない。ミンチになってゆく心から、生臭い冷気がひゅうひゅう流れ出る。冷気と一緒に、かんなの魂は逃げ出す。魂は茶箪笥の上へ飛んでゆき、母上が憎む、ミジメに土下座させられたウスノロを見下ろす。

あれは私じゃない。本当の私は、頭が良くて気が利く、お気に入りの娘のはず。堀江さんみたいな。だからあれは違う。私じゃない。

こうして鯨川かんなは、なんとか魂を守る。

一方、母上にしてみれば、はらわたが煮えくりかえってたまらない。

「どうしてこんな子になったんだろう！」

母上は四十三歳。三人姉弟の偉大なる母にして、ツルマ市立東中学で社会科を教える、鯨川きみ枝教諭である。

かつて、北海道のさる炭鉱町で、鯨川きみ枝とその夫は、評判の優秀児だった。夫の方は、鉱山技師にその秀才ぶりを買われ、奨学金を斡旋されて進学を果たした。

きみ枝は、もっと自力で道を切り拓いた。父は坑内爆発で亡くなっていたし、選鉱所で働く兄と母の稼ぎでは六人家族の生活で手一杯だった。集団就職先の寮から定時制高校に通い、その卒業後、スーパーマーケットの経理部に就職すると、生活を切りつめながら通信制の大学を出た。

自分たちが苦労した分、わが子には豊かな教育を与えてやりたい。とくに、最初に生まれたこの子には、どれだけ深い思いを注いできたことか。ところがこの長女、ことあるごとに両親を裏切ってきた。有名幼稚園、国立大学付属小学校、私立名門中学、かんなは全部すべった。中学受験に至っては、試験直前になって「字が読めなくなった」と言い出した。

昔から育てにくい子だった。何を教えても物覚えがわるく、よそ見ばかりしているかと思うと神経質で、とんちんかんなところにこだわりが強く、何をしても他の子の倍の時間がかかり、愚鈍なくせに突拍子もないことをして親に恥をかかせる。

緑の玉の臭いが、きみ枝の怒りを刺激した。

「甘ったれるのもいいかげんにしろ！」

いらいらホルモンの濁流が、仕事と家事と報われぬ育児に疲れた母親の脳内で暴れ出す。むんずと「バカ娘」の髪をつかみ、鼻先に押収物をぎゅうぎゅう押しつけてやった。

「こんなものを嗅がされる、他人の迷惑がわかったか！　少しは人の痛みを知れ！　おまえは自分のことばっかりなんだよ！」

凄まじい臭いに、母子は涙をしたたらせた。

隣の居間から、刑事たちの銃撃戦が聞こえる。「太陽にほえろ！」に夢中の下の子たちが、必要以上に息を殺している。

＊

心が重症を負うたび、鯨川かんなは電車に乗り、「タンポポ台」の駅から五駅先の「クヌギが丘」へでかけてゆく。かんなは小学六年の妹よりも背が小さいから、七十円きっぷで電車に乗れたのだ。

今でこそ、「クヌギが丘」駅のまわりは、ケーキ屋や本屋やスーパーや美容院、色とりどりのしゃれた店が並び、後ろの丘の斜面も小ぎれいな住宅で埋まっているが、かんなが幼かった頃、そこは雑木の小山だった。

小山のすそに、三階建ての市営団地があって、三年前まで、鯨川家はそこに住んでいた。団地を通り過ぎ、洋菓子のような家々の間の細い坂道を、かんなはどんどん登ってゆく。登り切って、レンガ調の家の角を曲がると、ほんの一つかみ残った、落葉樹の「森」が現れる。

傾いた鳥居をくぐり、やわらかい緑の天蓋の下に入ると、空気が青く澄んでいて、心が消毒されるよう。森の中央には、大きなクヌギの木がたくましい枝をさしのべていて、その根方に、船の舳先の形をした、ひとかかえほどの石が鎮座していた。

かんなは手を合わせ、石に挨拶する。花一輪手向けるでなく、埃や泥ハネを払ってやろうとの気も利かないが、傾ける信心はいっぱしであった。

石には、クチバシとつり上がった目を持ち、翼を広げ、うず巻の雲を踏み、羽団扇を手にしたマンガっぽい顔の天狗さまが浮き彫りにされている。その背景には炎と、かんなには読めないが「享保十四己酉奉建立」という文字が刻まれている。

絵本に出てくる「てんぐ」は、鼻が高くて赤い顔をしているけれど、かんなは小学生時代、愛用の「もののけ図鑑」でクチバシのある「カラスてんぐ」を見ていたから、これが天狗さまだとちゃんと知っていた。そしていつしかこの石像を、自分の守り神さまだと思うようになっていた。

だから、あの遭難の日、この天狗さまがとうとう名乗り出てくれたのだと、かんなはすぐに合点した。そのうえ、あの日から、「タマヨケ坊」と名乗った天狗さまと会話できるようになっていたのだ。

タマヨケ坊を待って、かんなは、クヌギの太い枝に骨張った尻を載せ、目を閉じる。

森の外から、蜂のうなるような音が聞こえている。国道二四六号の騒音だ。

この小山は向こう側半分を、広い国道にすぱっと削り落とされている。枝の上で立ちあがれば、崖の下に車の流れが見下ろせる。

かつて、この街に住んでいた幼い鯨川姉弟は、よく三人でこの木に登り、寄り添って、この激しい流れを眺めていた。

あのころのかんなは、今ほどミジメではなかった。弟を保育園に迎えに行く「しっかり者のお姉さん」で、ときどきは母上にほめられていたし、まだ字も読めて、「こっくりさんの歴史と未来」という自由研究の発表で教室を沸かせたことだってあった。

あれは、母上に罵られながら、難しくて手も足も出ないツルカメ算の問題をにらんでいたときだった。突然、数式がもぞもぞと動き出した。数字と記号と問題文の文字がバラバラの粒になって散らばり、漢字は真っ黒な四角のチップに変身してしまった。それ以来、定規で行を仕切って指で一字ずつ押さえれば、ひらがなはなんとかなるが、漢字はまったく読みほぐせなくなってしまった。

どうしてこんな子になったんだろう。

「どうしてであろうかな」

甲高い声がひびく。

キシキシキシ。大きな翼の羽ばたきがして、国道の音が消え、閉じた視界が暗くなる。

天狗は、かんなの横に止まった。振り向いて姿を拝むことはできない。目の中が暗いし首が動かない。天狗とは、視線を並行にして話すのが、おそらく作法なのか。

こだますような声が、おごそかに親しく響いた。

「あの日、大山でそれがしは、『そしつ』のある四人の子どもを選び、神隠しに遭わせることにした」

そしつがある！

ほめ言葉に飢えたかんなの胸は高鳴る。

「だが四人集まると、そなたらは、仲良くお菓子をわけ、体操まで始めおった。ナカヨシというのは、どうも苦手なのじゃ」

これはさしずめ、ドラキュラが太陽や十字架やニンニクを嫌うのと同じことであろう。それで、神隠しはあきらめて帰したという。

かんなは尋ねる。

「神隠しになると、どうなりますか」

「われらが国へ連れてゆき、立派な天狗に育てて進ぜる」

「天狗に育つと、どうなりますか」

「空を駆け、地を飛び、人の心を操り、神通力を使う。助けたいものを存分に助けることも出来れば、悪いやつをちょちょいとこらしめることもできる。何もかも、思うがままよ」

どうじゃ、さらわれたいか、と天狗は聞いた。

さらわれようかなと、かんなは思う。少し怖いけど、このままこの世にいても、予測不能の爆撃に怯える毎日が続くだけだ。やりきれないのは、守るべき妹や弟の前でミジメな姿をさらすこと。最近では自分が、人間というよりはボロ雑巾ではないかと思え、やりきれなくなるのだ。だからいっそ……

だが、答えぬうちに、天狗は言った。

「やめておこう」

「え、どうして」

「天狗の弟子は男だけだ。女はさらわぬことになっておる。だがそれがしはリベラルな天狗。女も天狗になってよいと思っておる」

かんなはうなずいた。日頃母上から、女は男より強くなくてはダメだと言われている。男は外に出れば七人の敵がいるというが、女には七百人の敵が待っているのだから、と。

「といっても、こなたは小さすぎだ。百日の断食、火の行はこなせまい」

「でも、がんばります」

「松の葉や土を喰い、熊の爪垢の茶と小便を呑み、岩山を一日に千回飛び駆けるのだぞ」

ちょっと想像がつかない。

その代わりに、と天狗は高く言った。

「通信教育を授けよう」

「通信教育なら、進研ゼミを買ってます」

勉強の遅れを知って、母上が申し込んだのだが、字が読めないので手も足も出ない。

「な、なんじゃ、それは」

「国語、数学、理科、社会、英語があります」

「しかし、『神通力』はないであろう」

「あ、ないです」

「あるわけがない」

言うなり、尖った爪のようなものが、かんなの頭をガッシリつかんだ。

「おんそらそばていえいそわか、おんそらそばていえいそわか」

脳天が熱い。むりりっと、何かが、かんなの頭蓋骨にめり込んできた。ひどく明るい緑色の光の珠のようなものだ。目を開けば、瞳からすがやかなエメラルドの空気が放射される気がした。

「今、そなたの頭に『め光線』の宝珠を埋め込んだ」

天狗は、おごそかに言った。

「憤懣を感じたらば、ただちに尾てい骨の空気穴から気を集め、丹田に溜めよ。気は脊髄を吹き上げて、間脳にはめ込まれたこの宝珠へ至るであろう。されば眉間に念を集め、両目を見開け。さすればたちまち噴気は二条の光線となって、邪悪な敵を撃ち抜くであろう」

「……あ、はい、えっと」

のみこみの悪さに腰を折られ、タマヨケ坊は軽く咳払いして言い直した。

「ま、こういうことだ。そなたの怒りは、目から光線となって飛び出る、と」

「光線！　私が？　目から光線を？」

かんなは興奮した。

「だが、使いこなすには修行が肝心だ。目を見開いたままでおらねば、光線はまぶたを焼きただらす。少なくとも十分間は、まばたきせずにおれる修練を積むのだ」

「まばたきを、せずに……」

突然、ケケケと甲高く笑い、天狗は切り裂くように叫んだ。

「たたかえ！　邪悪な敵を撃ち抜け！」

きしるような羽音がよぎった。

「修行の様子、見守っておるぞ！」

目を開くと、明るい緑の中。国道の音がよみがえる。

＊

社会科の笹木洋子先生は、黒板に、画用紙製のカードをマグネットでとめた。

〈奉書船以外の海外渡航禁止〉

〈海外在住の日本人帰国禁止〉

〈キリシタン禁教令〉

〈島原の乱〉

〈ポルトガル人の来航禁止〉

〈長崎出島の完成〉

〈日本人の海外渡航禁止〉

「いいかあ、みんな。江戸幕府が鎖国を完成するまでの出来事を、カードにしてみた。これを順番に並べてくれ。まず、各自ノートにやってみろ。あとで指名するからな」

「はりきっちゃって。いつもはそんなカード、使わないくせにー」

前の席から、お調子者の井戸口俊樹が先生をからかう。

「なんだこのやろう」と笹木先生は喜んで、井戸口くんの頭にぐりぐりパンチをする。教室じゅうが笑った。生徒たちも、「研究授業」を見に来た、後ろに並んでいる他の学校の先生たちも。

笹木先生は、机の間をまわる。

三人だけ、指示に従っていない子がいた。

まず仏沢せいじ。これはしかたない。それから、ふんぞり返って踵をつぶした上履きの足を机に載せ、ガムを噛んでるツカザキ。足をつかんで机の下に押し込んではやったが、こいつもまあしようがない。それともう一人、廊下側の一番前の席で、背筋を伸ばしてノートは真っ白なまま、黒板をにらみ続けている痩せて小さい女子生徒がいた。

ええと、だれだ、こいつ。

「男みたいにさっぱりしている」と、女子から人気がある笹木先生だが、さっぱりしすぎた性質ゆえか、なぜか女の生徒の名前だけはほとんど覚えていない。だから名前を呼ぶ代わりに、ゴツゴツ。その子の机を叩いた。

振り向いた青白い顔に、先生はギョッとした。生徒は目をいっぱいに見開き、渇いた角膜から涙をぼたぼた垂らしていたのだ。この生徒が「まばたきせざる」修行中であり、かつ、黒板のカードの字が、「■■■■■の■■■■■」としか見えていないことなど、先生は知るよしもなかった。

チャイムが鳴ると、笹木先生は見学の先生たちに挨拶した。その一人に、去年研究授業をやった東中学の鯨川きみ枝教諭がいた。

「ほんとに楽しい授業でした」

きりりとした中にも温かい物腰で、鯨川教諭は笹木先生をねぎらった。

鯨川きみ枝教諭、猫をかぶってこのように振る舞っているのではない。この廉直さ、後輩への温かな善意は、努力の成功者にありがちなある種の理解の浅さと表裏一体の、この人の確かな美点であった。

放課後、笹木先生は、掃除中の二年四組を訪れた。

「鯨川かんなって、いるか？」

近くにいた子に呼んでもらった女子生徒を見て、先生は目を疑った。着ているぶかぶかのジャージと同じくらい顔の青い生徒は、先刻の、目を見開いた無気味な女子だったのだ。

「四組に、鯨川先生のお子さんがいるって聞いたんだけど……。おまえ本当に鯨川か」

相手がうなずくと、先生はしばらくかんなをじろじろ見ていたが、あっさりした性質ゆえ、すぐ現実を認め、からっと言った。

「去年、おまえのお母さんの授業見たよ。立派なお母さんだな、かっこいい人だよ」

鯨川かんなが、ひゅーっと息をつらせたので、気絶でもするのかと思って、先生はまたびっくりした。ふがふがと鼻息を立てて目を白黒させたと思うと、鯨川かんなは堰を切って話した。

「か、かっこいいんです、うちのお母さん、すごいんです。働きながら、自力で歯を食いしばって、世の中に踏んづけられながら玉川大学の通信部に行ったんです」

一人で興奮している奇妙な生徒を、先生は、アシカの曲芸でも見るようにながめた。

＊

鯨川かんなの「まばたきせずにおる修練」は、ところを選ばずに行われた。

通学中、タンポポ台の坂を登るときも、授業中、先生が黒板に、かんなにはわからない文字を書き連ねている間も、休み時間も、かんなは背筋を伸ばし、目をカッと見開いて、渇いた眼(まなこ)から涙の滴るにまかせていた。

修業の甲斐あって、夏休みが近づく頃には、かんなは、まばたきせずに四分くらい目を見開いていられるようになった。たとえプロレスする男子の汚いうわばきが飛んでこようとも、何かに怒り狂った母上が鉄拳の雨を振らそうとも、カッと見開いたかんなのまぶたは、微動だにしなかった。

そんなある日の、掃除の時間のこと。

校舎の谷間の花壇では、ひまわりがずいぶん丈高くなっていた。

うぃーす。うぃーす。

へんてこな野球部のかけ声が、向こうの校庭から、けだるげに聞こえる。

「この暑いのによくやるわあ」

掃除当番の女の子たちが、竹帚を止めて言う。かんなは竹帚にあぶれたので、ゴミを手づかみで集めていた。

ひまわりの向こうで、男子たちは今日も、一方的な格闘技にいそしんでいた。

「こいつ、ポケット破きやがった！」

怒鳴ったのは、仏沢くんをしめ上げていた、チビスケのくせに目がやたら鋭いツカザキだ。噂によると、九歳の時からたしなんでいるシンナーのせいで、彼は背が伸びないのらしい。この暑いのに詰襟を着て袖を折り、ハデな裏地を見せている。無法者ぶりを示すために、踵を踏みつぶし、「御意見無用」「極悪ラビット参上」と意味のいまひとつ不明な文言をヘタクソな字で書いた上履きを、外でも履いていた。

「ポケット破くなんか、反則だよな」

ツカザキの取り巻きが同調する。

「おい、仏沢、あやまれよ」

「なにがじゃねえよ、バーカ」

「プロレスのルールも知らねえのかよ」

「教えてやろっか、おらあ」

巻き舌で怒鳴りつけられ、仏沢くんは顔をおおって尻もちをついた。少年たちの湿った笑い声が、校舎の谷間にこだまする。

「あやまれよ、あやまり方もわかんねんなら普通の学校くんじゃねえよバーカ」

「土下座しろよ、甘ったれんじゃねえよ」

甘ったれる⁉

何かが深く、かんなの内臓に突き刺さった。

血を吹いてぐつぐつと、腹が煮え始める。

バカと言われても、グズと言われても仕方ない。けれど「甘ったれるな！」だけは、どうしてもどうしても納得がいかなかった。

甘ったれているならどうして、こんなにも己の毎日は息苦しいのか！　あまりに理不尽である。この苦しさだけは無きものにされてなるものか！

わき立った熱いかたまりが、腹から脳天へ駆け上がった。頭蓋骨の中が熱い。まぶしい緑色の光で、脳の中心がふくれあがる。

ぶちり。

いっぱいに見開かれたかんなの目から、どっと熱いビームが吹き出し、花壇の向こうへまっすぐ飛んで行った。

カキーンと、金属のはじける音が響く。

「きゃあっ」

女子たちの悲鳴が上がった。衝撃波に男子たちが逃げ散る。

かんなは目をこすった。

極悪ラビットがひっくり返って、射ぬかれた頭を押さえてもだえていた。その悶絶を、地面に正座させられた仏沢くんが、蟻をながめる小犬のように不思議そうに見ている。

ころころんと白い宝珠が、花壇のきわに転がった。自分の頭から飛んでいった宝珠か、とかんなは思ったが、たまを拾い上げたのは、なぜかあわてて走ってきた、野球部の生徒たちだった。

「大丈夫か。すげえわりい」

柄にもなくいたわられながら、ツカザキは保健室に運ばれていった。

かんなは、まぶたに手を当てた。身体が震え、感じたことのない力がみなぎっている。

やりました。タマヨケ坊さま。

＊

翌日の午後、鯨川かんなは、クヌギが丘の小山で目を閉じて、タマヨケ坊と会話していた。

「め光線なんて、何の役にも立ちません」

昨日手にした輝くばかりの自信は、あとかたもなかった。

昨晩のこと。風呂上がりのかんなは麦茶を飲もうと食堂へ近づき、遅い夕食中の父上の、悲鳴に近い声を聞いた。

――何かの間違いだ。採点の間違いに決まってるんだ。私たちの子がこんなひどい点を取るわけがない！　お母さん、先生に電話しなさい。

母上が、火焔のようなため息を吐いた。

――やめてくださいよ往生際の悪い。あの子はね、私たちの失敗作なんですよ。字が読めなくなったなんて卑劣な手を使って。甘ったれて努力もせず、ちゃらんぽらんで自分が目立つことしか考えてない。ぼんくらなりに思いやりや責任感でもんがあっていいでしょうに、これっぽっちもないんだから。恵まれた環境で甘やかしてダメにしてしまったのよ。勉強以前の問題だわ。将来を思うと気が狂いそうよ！

かんなの閉じた目に、ごっほりと涙がこみ上げた。穴だらけの心から、ヘドロのような血の涙がこみ上げて今も止まらない。

「タマヨケ坊さま、私を、頭のいい子にしてください！」

たとえば、堀江さんのようになれたら、どんなに母上は喜ぶことだろう。

「バカを申せ！」

切り裂くような声が答えた。

「優等生などやってみよ、努力の成果はすべて親御が持ってゆくだろう。『私の子だからデキて当然』とばかりにな。骨の髄までしゃぶり尽くされ、二十歳になる前に病院送りじゃ。どのみち、そなたそのものが認められる日など来ぬ。字が読めなくなったは天の恵み。これ以上、わからずやどもに振り回されてはならぬ！」

かんなの胸は逆流する。どうしてもどうしても母上に、認めてほしかった。

「あきらめよ！」

止まらない涙をぬぐいながら、かんなはうなずいた。

わかっていた、うすうす。何をどうしようとも母上から好かれる日など来ないことは。仏沢くんがツカザキたちの「友達」になれないように。

ひときわ甲高く、タマヨケ坊は叫んだ。

「たたかえ！　邪悪な敵を撃ち抜け！」

＊

鯨川かんなは、図書室にいた。「夏休みの読書計画を立てる」という一学期最後の国語の授業だ。

図書室は、安らかな紙の臭いがした。漢字が読めなくなって以来、かんなは本を読んでいないが、もとは図鑑が大好きだった。

大型本コーナーにゆくと、小柄な男子が一人、床にあぐらをかいて古い写真集を広げていた。いつもは騒々しい井戸口くんだ。

横目で何気なくのぞきこんだそのページに、かんなの目ははりついた。

井戸口くんが振り向く。青白い河童のような顔のアップにキャッと叫んで、彼は写真集を置いて逃げていった。

醤油色の白黒写真に映っていたのは、つり上がった目をした、あの、クヌギが丘の小山の天狗さまだった。

写真の下に説明文がある。もとより黒いチップの列にしか見えない。

なんと書いてあるのだろう。喉から手が出るほど読みたいと思った。

かんなは初めて本を借り、読書計画票には、「てんぐ」とひらがなで書いて提出し、図書室を飛び出した。

まだみんなが戻っていない静かな教室では、窓際の席で一人、堀江さんが机の下に文庫本を隠して読んでいた。

そうだ、この人に聞けばいい！

ドキドキしながら、かんなは堀江さんに近づいた。きれいな額を上げた堀江さんは、一瞬たじろいだ様子だったが、すぐに礼儀正しい笑顔になり、なあにと言った。

「ここ、読んでくれませんか」

ポニーテールをかたむけて、堀江さんは、かんなが指した古い書体の活字に目をやった。

「修験道（しゅげんどう）じゃない？」

「しゅげんどう？　なに、それ」

「よくわかんないけど、山伏とかそういう人たちのやってるあれでしょ、滝に打たれたり、断食して岩山を走ったりして修行する」

なるほど。かんなはクヌギが丘の森にある天狗さまの恰好を思い出して、なんとなく雰囲気で合点し、次の漢字を指した。

「じゃあ、これは？」

「えいきょう」

「あ、えいきょうか」

「どうしたの？　いったい」

「あ、わ、私、漢字が苦手で」

堀江さんはうなずくと、漢和辞典を出した。

「明日までに、返してくれればいいから」

堀江さんはノートにきれいな字で「鯨」と書いて、全画数で探すやり方と、部首で探すやり方を教えてくれた。

「あ、あ、ありがと」

かんなは席へ飛んで帰り、漢和辞典とノート、写真集を広げた。

〈大山修験道の影響をうけた天狗道祖神。

国道二四六号線は、江戸時代、江戸から霊峰大山へ参詣する、大山まいりの街道であったが、その路傍、辻には……〉

文字がバラバラに動かぬよう、定規と筆箱で一字だけ区切って、黒いチップをじいっと見つめる。すると徐々にべた塗りの黒がほどけて、文字の線がゆっくり見えてきた。それをやっと見極めると、一画一画、首っ引きでノートに写し、画数を数える。辞典の、いま堀江さんが教えてくれた画数索引のページを開き、同じ画数の漢字がずらりと並んだ列を、もぞもぞ動き出しそうな字にめまいを起こしかけながら、教科書や筆箱で他の部分を隠し、定規でしきりながら一字一字探してゆく。ようやくみつけ、片目でページ番号のところだけ見るようにして該当ページを開き、ページにぎっしりつまった小さい文字が動き出す前に隠し、教科書体の大きな漢字だけを見て、めあての字を探してゆく。漢字の下の何通りもある「読み方」を、指で追いながらノートに写す。なかなかの難事業だ。けれど、「天」〔あめ・あま・てん〕と「狗」〔いぬ・こう・く〕で、「てんぐ」だ！　とひらめいたときは、目の前が晴れ渡る心地がした。

「うがっ」

にぶいうなり声が耳に飛び込んできた。いつの間にか、みんな教室に戻り、にぎやかな休み時間が来ていた。

「こいつ、井戸口のたまきん蹴りやがった」

また男子たちが闘っている。井戸口くんが、股間を押さえて倒れていた。

「せきにんとれよ、仏沢」

「井戸口が女になったらどうすんだよ」

「わざとじゃないよ、わざとじゃないー」

「かんけーねんだよッ」

後ろから蹴られて倒れた仏沢くんを、白いシャツのハゲタカたちが押さえ込む。その様子を、ツカザキが一メートル定規で掌をたたきながら、にやにや監督していた。

め光線を使わねば！

かんなは目を閉じる。尾てい骨の空気穴から気を取り入れ、ヘソ下の丹田に集め……

「ねえ、よしなさいよ」

叫んだのは堀江さんだ。ツカザキが返事代わりに近くの机を蹴り倒す。ガラガラガッシャンの音にかんなはすくみあがった。集めた怒りが霧散していた。やり直そうと、念じれば念じるほど手足が震えてしまう。

ぎゃーっ。

今度は違う悲鳴が起こった。

さっきまで残忍な薄笑いを浮かべていたツカザキが、歯の溶けた大口を開いてわめいていた。その腕に、しっかりと仏沢くんの顔が嚙みついている。

「ばかやろてめー」

ツカザキは片手で仏沢くんのぼうぼうの髪を引っ張り、鼻の穴に指を突っ込んだり、「極悪ラビット」の上履きで蹴ったりしたが、鼻血をぬるぬる流しながら、仏沢くんは嚙みしめた歯を開かない。ほかの男子が仏沢くんを引っぱったりカンチョーするたび、強く嚙まれて悲鳴を上げるのはツカザキの方だった。

「コンパスだ、コンパス持ってこい！」

ツカザキに命じられて、一人が従ったが、

「首の後ろぶっ刺して殺せ。ぶっ殺せこんなやつ」

と言われて、さすがに凍りついた。

ツカザキの顔がだんだん青くなり、がたがた震え始める。嚙まれた腕と、嚙んだ顔が血まみれだ。つーっと黄色い水が、二人の下から流れ出した。

堀江さんが職員室へ駆け出していった。

＊

鯨川かんなは、弟のご飯をよそっていた。

手はしゃもじを持ち、身体は食卓テーブルのわきに立っているけれど、心はここにない。今日の出来事に、洗い上げたような感動が血管をかけめぐっていた。

コンロの前でみそ汁をよそおうとしている母上の声が、遠く聞こえた。その声が、自分を呼んだ気はする。お椀のふき方が中途半端だとかなんとか。

——死んでも歯を離さないと決めたんだな、すごいな、すごいな、仏沢くん。

どかんと横ざまに、掌が飛んできた。太陽戦士サンバルカンの茶碗が転げて、鮭の塩焼きの上にご飯を盛った。俊介が、子猫のように目を丸くして凍りついた。

「何だそのつけあがった態度は。えっ！」

不思議だと、かんなは感じた。頬はひりついたが、きょうは母上の怒鳴り声がちっとも怖くない。

たたかうのだ、私も。

こんなびくびくした毎日は、今日限りおしまいにするのだ。

「返事しろよ、甘ったれやがって、いい加減にしろ！」

襟首をつかまれ、かんなは床の上に引き据えられた。無責任、卑劣、うす汚い、思い上がった、けちくさい、自己中心的、根性の腐った……。頭の上から、おなじみの汚い言葉がバケツいっぱい降ってくる。

「お母さん、もうやめてよ！」

叫んだのは麻耶だった。

「かんなちゃんが頭オカシイのは、お母さんのせいだよ！」

返事の代わりにめったに浴びない鉄拳をお見舞いされて、わああんと高く、麻耶は泣いた。しかけ花火のように俊介も泣き出した。二人は夏休みの蟬のように争って泣いた。

「うるさあいっ！」

おまえのせいだと母上はわめき、かんなの襟をつかんで振り回した。

揺さぶられながらかんなは意を決し、猛然と、この生まれついての宿敵にむしゃぶりついた。仏沢くんの、決死の覚悟が乗り移っていた。

「ふざけんじゃないよ、甘ったれやがって」

たけり狂った母上に吹っ飛ばされる。

かんなは叫んだ。

「私は、甘えてなんかいない！」

目玉がねじ切れるくらい力を入れて念を集める。頭の中が輝き、目がいっぱいに広がる。

ぼすり。堰を切って、光線がやまんばめがけて飛んで行く。

びーーーーーっ。

だが光線は、はね返るものなのか。

左耳で火花が炸裂した。目の前がしましまになって、かんなは台所の床に伸びた。

＊

鯨川きみ枝は、癇癖の強い孟母である反面、廉直で篤実な人柄の持ち主でもあったから、長女が聴覚を失ったいきさつについて、一部始終をお医者に、包み隠さず説明した。

カルテにペンを走らせながら、太った中年のお医者は、気なさそうに聞いている。

「でもね、鼓膜は破けてないから。オクサンみたいな人が叩いたくらいで破けないよ」

お医者は、鯨川家のグレートマザーに向かって小娘をあしらうように言う。丸椅子に坐った河童のように青い顔の中学生をふり向き、

「こっちを見て。後ろ見ちゃダメ」

言いながら、彼女の背後を指さした。

鯨川かんなは、指された方をふり向いた。

「ふん。仮病じゃないようだ」

お医者はうなずき、何か書きながら言った。

「まあ、あれでしょ、ししゅんきだから」

鯨川きみ枝の顔つきが変わった。

「思春期だと、耳が聞こえなくなるんですか」

「そうね。いろんな症状を出す子がいるね。神のお告げを聞いたり、呼吸困難になって白目をむいてみたり。体質もあるね。遺伝が大きいんじゃないかな。どう？ お母さん自身、少々ヒステリー気質なんじゃない？」

お医者は言って、チシシと笑った。

「なんですって」

低い声が響いた。お医者はかすかな驚きの顔をあげる。

「黙って聞いていれば、いい気になって」

鯨川きみ枝の、スイッチが入ったのだ。

「私も、この子の父親もねえ、世間に踏んづけられながら、自力で学校出たんだよ。あんたみたいな、親の金でチャラチャラ医大へ行ったお坊ちゃんに何がわかる。生半可な診断で、かわいい娘の耳が手遅れになったら、訴えてやるから覚えといで！」

「いい気な世間」をにらみつけ、鯨川きみ枝は長女の肩をしっかりと抱いた。

＊

麦わら帽子をかぶって、鯨川かんなはクヌギが丘の小山を一月ぶりで登っている。

国道の音は聞こえない。アスファルトが白むほど照り返す。帽子のつばの下で、かんなの目も明るかった。

天狗の国へ行かなくとも、家を出られることになったのだ。秋から、耳の不自由な子の学校へ転校し寄宿舎に入る。少し不安はあるけれど、見学に行ったとき会った校長先生は優しそうだったし、なにより、絶え間ない攻撃から解放される安堵感が勝っていた。

ついては、タマヨケ坊に相談したかった。しばらくここへは来られなくなるが、これからも見守ってくれるだろうか、と。

坂を登りつめ、レンガ調の家の角を曲がる。

まぶしさでぼやけた目をこすった。

景色が違った。

森が、なかった。傾いた鳥居も、クヌギの木も、他の落葉樹も、一本も。

そこにはただ、強い日が照りつける、むき出しの赤土が広がっていた。黄色い水糸が張られたサラ地には住宅が建つらしい。

キャタピラの跡のついた土の上を、かんなは野良犬のように歩き回った。舟型のあの石像も、どこにもない。

タマヨケ坊さま、どこです。タマヨケ坊さま!

そう呼ぶ自分の声さえ聞こえない。

大量の汗があごをつたう。タマヨケ坊に見せようともってきた、図書室の写真集も汗ばんだ。

長いこと、かんなは焼けつく陽の下に立っていた。

やがて口をギュッと結んで、一度だけまぶしい空を仰ぐと、あとはもう、まるでこんな所には最初から何の用もなかったというような顔をして、かんなは住宅街の坂を一気に駆けおりていった。

(了)

……さて。いよいよ本題に入ります。

最初にふれました、すごい新史料発見についてです。今回、わたくしが三十年ぶりに天狗道祖神を再訪したのは、実にこの発見がきっかけでした。

おーい、寝ている方、起きてくださーい。新発見ですよー。

（演台を叩く音）

……では、起きている方だけでも、スクリーンをご覧ください。

今でも大山詣りの講中が残っている、横浜市みぞれ区長津留の田園地帯の風景です。

そして次の写真。

この長津留に一昨年まで残っていた、豪農、木村家の屋敷です。大きな構えの門でしょう。

このあたりは江戸時代、幕府旗本、小野田氏の領地でしたが、木村家は、代々名主（なぬし）を務め、明治、大正、昭和には戸長や村長など、地域のリーダーとして住民たちをまとめてきた家柄でした。現在のご主人は、わたくしより十歳ほど年上の五十代後半の方です。

ご覧ください。

黒く燻された大丸太の梁、高い天井、わたくしのアパートの部屋より広そうな玄関の土間……。市の文化財に登録して保存を、という声もあったのですが、ご主人のお父上がお亡くなりになって、農地ならまだ税金が安いのですが、ご主人はお勤め人ですし、なまじ便利な相急電鉄の「長津留」駅に近いため路線価も高く、相続税の支払いも大変で、やむなくお屋敷を解体して土地を半分手放すことになったのです。

それで、名主屋敷の最後の見学会が開かれることになり、わたくしは大学院時代の先輩に誘われ、参加いたしました。

そのとき、木村家のご主人が、大学講師をしているわたくしの先輩に「先生、こんなモノが見つかりまして」と、見せてくれましたのが……このぼろぼろの文書でした。「除弾坊由来記(じょだんぼうゆらいき)」と書かれていますね。ずいぶん虫に食われている。一足先に解体した土蔵から発見されたのだそうで、発見時はネズミの糞にもまみれていたとのことです。

除弾は、おそらく「弾除け(たまよけ)」とよむのでしょう。「タマヨケ坊由来記」。この題名を見て、わたくしの胸はどんなに高鳴ったでしょう。

それはさておき、ともかく史料の中身を紹介いたしましょう。


『除弾坊由来記(たまよけぼうゆらいき)　明治三十七甲辰』

これを書いたのは木村長一郎、二十七歳。現在のご主人のひいお祖父さんのお兄さんに当たる人だろう、とのことです。かれは名前の通り長男でしたが、この『由来記』を書いたとき、「跡目」を弟に譲って土蔵の座敷牢の中で暮らしていたようです。

この長一郎さん、もとは村一番の秀才で東京の第一高等学校に進学していました。村を背負ってゆく家柄に生まれ、のみならず末は博士か大臣かと期待を集めていたのですが、どうしたわけか、東京の下宿で暮らし始めてしばらくすると、突然からだが動かなくなった。朝目がさめても、頭と胸を何者かにぎゅーっと押さえつけられているようで身動きもならず、「ええい婦女子のような！」と我が身をふがいなく思えば思うほど、いっそう動けない。授業にも出られないし、友だちとも交流できない。焦れば焦るほどダメです。

仕方なく休学して家へ戻りますが、帰ればいっそう苦しい。気晴らしに散歩に出ようにも村の人々の目がある。学校はおよしになったんで？　と聞かれる、答えれば怪訝な顔をされる。こうしているうちに、いっそう鬱屈はたまってゆくものですよね。そうして部屋に閉じこもる。

「いい加減に立ち直っておくれ」と母にせっつかれ、「甘えが過ぎるのでは」と親戚に意見され、父や祖父には渋面を作られ、祖母には泣かれ、弟妹には顔向けができない。爺やもねえやもおろおろ顔色をうかがう。これはかなり壮絶な孤独です。

そんなある日、説教する母と伯父にとうとう癇癪を起こし、鉄瓶を投げつけ、部屋中の調度を投げ散らかして壊し、長一郎さんは家中の者を怖がらせます。それ以来、頻繁に暴れて暴言を吐き、台所の酒を勝手に飲むようになり、たまりかねた両親によって、家の若い衆や講の人たちの手で、泥酔しているところを簀巻きにされ、土蔵に準備されていた座敷牢に運ばれてしまいます。

これで家の人たちは、ものを壊されたりはしなくなりましたが、アルコールと憤懣と自己嫌悪で脳を侵された長一郎は、土蔵の中でひとり、真っ黒な恨みを肥え太らせてゆきます。食事を運ぶ爺やさんを罵り、膳をひっくり返して投げつけ、昼間は寝ていますが、夜になると、大きな声で泣き、狼のように遠吠えする……

こんな中、お祖母さんと妹さんが頼ったのが、大山の天狗、タマヨケ坊さまでした。

村の辻にある天狗道祖神の前で祈ると、大山の山中でタマヨケ坊が聞いていて、数日後にお山から飛んできて様子を見に来てくれる。これが村の人々の、いわば常識でした。タマヨケ坊には、狐憑きの女中さんを治したり、ちょっと怖いのですが、鼻つまみの乱暴者をどこかへ連れ去ってしまったり、などという実績がありました。

当時の村の大人たちによると、かれらが子どもだった幕末ごろには、タマヨケ坊は、村はずれの薬師堂に師匠である「法印さま」夫婦と一緒に住む里山伏だったそうで、子どもらはよく遊んでもらったり、薬草探しに連れて行ってもらったりしたが、その頃すでに六十歳くらいだったということでした。

それが、明治になって法印さま夫妻が相次いで亡くなると、タマヨケ坊も姿を消し、薬師堂は荒れ果ててしまったとのこと。タマヨケ坊は大山へ帰ったのだと、誰言うとなくみな信じていたそうです。

しかし、実はその頃、タマヨケ坊が帰ったと思われる大山では、大変なことが起こっていました。この『由来記』には詳しくは書かれていませんが、明治の幕開けとともに廃仏毀釈（はいぶつきしゃく）、修験禁止令が出されたのです。

もともと山の信仰は、土着の神と仏が自然に混淆していました。けれど、天皇中心の国家を目指す新政府は、「国家神道」だけを正統な宗教だと位置づけるために、仏と神をむりやり分離するよう命じたのです。そのため、日本各地の山岳聖地では、かずかずの仏寺仏像が壊され、仏教者が山を追われてしまいました。

大山でも激しい廃仏の嵐が吹き、大山信仰の中心だった、お不動さまを祀る大山寺（だいさんじ）八大坊（はちだいぼう）は解散させられ、山中に一九六あった末寺や坊も廃され、僧、寺の奉仕人たちも退去させられていました。大山寺のあった見晴らしの良い中腹は、「阿夫利神社下社」となり、頂上の石尊社（せきそんしゃ）は、「阿夫利神社上社」となりました。江戸時代の人々の信仰を集めた鉄製の不動三尊は、阿夫利下社のずっと下の小さな坊に避難しました。

奇しくも、大山の廃仏毀釈を指揮したのは、あの、仙童寅吉をかわいがった平田篤胤の弟子、権田直助という辣腕家です。といっても、篤胤はとっくに死んでいますので権田は「没後の直弟子」と称していました。かれは、もともと漢方医術にたけた医師であり、各地の志士や京の公家の間を奔走して交渉ごとをまとめてきた、尊皇の志士でもありました。能弁で人心収攬にすぐれた権田は、政府のお墨付きを楯に、徹底して大山信仰を国家神道体制に一新します。

もう少し詳しく話しますと、権田が政府から任命されて来る以前から、大山の御師の若者たちの多くが、国学の門に入っていました。当時の国学は、そう、ちょうど団塊世代の若者たちが理想を託した社会主義思想のような、一種の政治哲学だったようです。武士のいばる世の中を終わらせ、ではどんな国を作ればいいか、日本とはそもそもどんな共同体だったのか、若者たちが指針を求めて学んだわけです。

彼らは、草莽のチームを組んで、官軍の応援に駆けつけ、維新の推進者となりますが、今まで関東甲信越一帯に七十万もの檀家を持った大山寺は、大山をおりても依然、勢力をもっている。ゴタゴタしている間に、どうも話は、悲しいことに仲間うちの主導権争いになってしまったようです。そこへ上から権田直助が赴任してきて、騒ぎもまとめあげ、新体制を敷いたわけです。

しかし何より大山の人々が困ったのは、生活です。山を下りた僧たちも、お詣り客がとだえた御師たちも、商店を始めたり、木工、豆腐製造をしたり、役場に勤めたり、いち早く横浜の居留外国人たちの食生活に目をつけて始まった養豚業に投資したり、生きる道を探しました。七十人いた表参道側の御師のうち二十人は、権田直助の弟子となったうえ、「先導師」と名乗りを変えて、大山詣りの講中と伝統を守ったそうです。

こんな騒ぎの中でタマヨケ坊が大山へ帰ったと人々が信じていたのは、ちと不思議ですが、それはひとまずおいて、話を長一郎に戻しましょう。

「由来記」によると、長一郎のお祖母さんと妹さんの願いを聞いたタマヨケ坊は、ある晩、長一郎の座敷牢に忽然と現れたといいます。

ちょうど長一郎は酒をよこせとわめき、食膳だけ運んでくる爺やさんに膳を投げつけ、口汚い言葉で罵っていました。

――でてゆけ、クソ爺い！

――爺はこの家の牛小屋で生まれ、幼い頃からお家に仕えて参りました。出て行っても帰るところもございません。

しょんぼりと溜息しながら言う爺やさんに、長一郎はなおも汚い言葉を投げつけます。

犬畜生、穀潰し、下郎、くされ乞食、阿呆のどさんぴんが！

すると上の方から声が聞こえました。

――そは、こなたの耳の中で鳴る言葉じゃな。

長一郎が見上げると、座敷牢の角天井近くに、赤ら顔の、目が猛禽のように光った天狗が、格子の角に両足を載せて立ち、こちらを見下ろしていました。ちなみに「天狗」と書いてありますが、鼻が高かったか、クチバシがあったか、それは書いてありません。

——くだらん、くだらん。そのような言葉に耳を貸すな。

天狗はそう言って、ふっと消えた。

次の晩、長一郎がまた暴れていると、投げつけた茶碗が、どこへもぶつからず宙に消えた。見ると、昨日の天狗が、長一郎の茶碗を手に立っている。長一郎が今度は汁椀を投げると、これもふっと消え、汁一滴こぼれぬままの椀を、天狗が手にしている……

それから、長一郎が何かを投げるたび、天狗が現れたそうです。

そしてある夜、長一郎が遠吠えして泣いていると、

——つらいのう。

天狗が現れてそう言った。

——化けものめ、己(おれ)をとり殺しに来たか！

長一郎が吠えると、天狗は笑った。

——殺されるのはいやか。

——殺せ、殺せ！

長一郎が喚くと、また笑って、天狗は消えたそうです。

そのうちなぜか、長一郎は天狗をどこかで心待ちにするようになった。なんでもいい、反応してくれる相手を乞うていたのだと、自分で記しています。

——殺せ！　殺せ！

ある日、そう叫んだとき、ふとそうだ、そんなことを言うならなぜ自分で死なないのだと、妙な責任感を発し、長一郎はしごきを座敷牢の格子にかけて輪を作り、首を差し入れ……すると体が軽くなった。耳にざわざわと風の当たる音がして、それから気が遠くなり、気がつくと、どこかの山中の、降り積もった落ち葉の中にいた。

ようよう体を起こし、寂しい山林の中を、空腹と不可解と不安を抱えてさまよううち、すっかり日は暮れ、ようやく一軒の掘っ立て小屋についた。

中には炭焼きか猟師か、男がいて、何か汁物をすすっている。石で組んだ竈に鍋がかかり、くらくら温かい湯気を立てている。

——腹が減った。一杯頼む。

長一郎が側へ行って言うと、男はギロリと振り返る。座敷牢に現れた天狗でした。

——水を桶に三杯汲んでこい。ひきかえじゃ。

今まで腹が減ったと言う前に、まわりの者が据え膳してくれ、よく食べたと言っては喜んでくれる暮らしに慣れきっていた長一郎は、あっと思ったと言います。

運動不足ですから、下の沢へおりるだけでふらふらで、ようやく一杯運ぶとばたりと倒れて、これで勘弁してくれ、と頼んだ。けれど天狗は答えないし振り向かない。

もう死にものぐるいで三往復、桶に水を汲んできた。ならば食えと椀を差し出されたのですが、ずいぶん土臭い、どろどろした黒い汁で粟のつぶが少し浮いているだけ。それでも空腹でたいらげてしまったそうです。後で聞けば腐葉土の汁粉だということでした。

でもとにかくこうして、長一郎の山の暮らしが始まります。朝早く起きて、小屋を掃除し、粗朶を拾い、水を汲み、不動尊の祀られた堂まで登って経を上げ、阿夫利神社の祠官たちの起きて来ぬ間に山頂に登拝し、滝に打たれ、茸を採り、どんぐりを拾い、食べられる葉を集め、苔をむしり、冬には熊の巣へ入って眠っている熊の大きな掌から、爪の垢をこそげてちょうだいしたそうです。

厳しい修行の日々。ではあるのですが、この天狗、少しいいかげんで、下の村でお祭りの日などには遊びに出かけて、射的で景品をたくさんとって、ふだんは食べられない、大粒の森永キャラメルなんかをブリキ缶にたくさん持って帰り、二人で相撲を取って勝った方が食べる、なんてことをして喜んでいたそうです。

何日何カ月こうしていたことか。

——祖母さまが呼んでおるな。

天狗が言います。

——帰りたいか。人間界なぞ捨て、このまま山で生きるのも良いぞ。

長一郎は急に帰りたくてたまらなくなり、子どものように泣いたと言います。目がさめると、長一郎は座敷牢の布団で寝ていて、爺やが運んできた温かそうな汁の匂いに体を起こします。爺やを見るなり、長一郎の目から涙があふれたそうです。なんと今までわがまま勝手にふるまって、この人を苦しめたか、と。

――すまない。いただきます。

そう言って辞儀した長一郎に、爺やはびっくりして、お祖母さんのもとへ飛んでいったそうです。

それから長一郎は暴れることがなくなり、小作の若い衆を手伝って、白菜畑の草を取ったり、風呂の水を汲んだりするようになり、周囲の山へ行って、薬草を採ってはお祖母さんに肩こりの薬を、爺やには腰痛の湿布薬をつくり、妹には花を摘んでお礼をしたそうです。けれども母屋の部屋へは帰らず、あまり両親やお祖父さんとは顔を合わせず、その後も鍵のかからない座敷牢へ自ら入って、本を読んだり書き物をして、そして折節、天狗に誘われて姿を消したりして暮らしたそうです。

ところが、そんなささやかな小康を許さなかったのが時代の嵐でした。暗黒の軍靴の響きが、この穏やかな農村にもやってきたのです。召集です。

当時、領土拡大の邪心を抱いた日本帝国は、朝鮮、中国の領地を次々に侵し、その地の利権をロシアと奪い合い、ケンカを始めます。そう、冊子の表題にある「除弾坊由来記　明治三十七甲辰」の明治三十七年は、多数の戦死傷者を出した日露戦争の年でした。長一郎はすでに「跡目」を弟に譲り、座敷牢にいたためパスした徴兵検査を改めて受けて、召集は弟でなく自分のところに来るようにと、役場の兵事係に話をつけていました。

この記録が書き終えられたのは、実に長一郎、応召の前日でした。

行ったら帰って来られないかも知れませんし、弾に当たって死ぬより何より、かれは、軍隊という強烈な暴力社会で生き延びる自信がなかったのでしょう。「せめて御坊の思い出を書き記したい。それが、自分がこの世にあった証しである」。そう彼は前書きに記しています。

ところで、長一郎から、その出征を知らされたタマヨケ坊は、にやりと笑ったと言います。

――どうじゃ。神国の兵隊になぞならず、わしと一戦(ひといくさ)せぬか。ロシアを相手ではない、憲兵を、いや帝国日本を相手じゃや。

そんな師の言葉に、「自分は驚駭(きょうがい)した」と長一郎は記しています。長一郎はもともと穏健な「富国強兵」時代の子でした。だからタマヨケ坊の発想は思いもよらぬことだったのでしょう。タマヨケ坊は、「見たこともないような緑色に目を光らせて説いた」と長一郎は書いています。

――応召を拒み、憲兵や陸軍と大立ち回りを働いて、この村から兵隊にとられる者をなくすべし。長一郎は本天狗となって、わしと二人、国がこの村から若者を戦地へ送ろうとするたびに飛び来たって闘うべし。

長一郎は首を振りました。そのようなことをすれば、係累にも村にもかかる迷惑が計り知れないと。そう答えながら、この時はじめてタマヨケ坊が怖くなったと記しています。大山の天狗さまは村人を愛し、幸せを祈って助けてくれるものとのみ思ってきたが、本当は、人をさらって天狗にするのが目的ではなかったか、と。

——さようか。

タマヨケ坊は長一郎をじっと見たあと、低く嘆息してうなずいたと言います。

——こなたは人(ひと)を選ぶか。

——はい。わたくしは人としてやっていきとうございます。

——やはりな。こなたは仕方なくはみ出した者ではない。人の素質が十分すぎる。さようか、天狗として生きるより、国が始めた愚かな戦で死ぬるを選ぶか。

タマヨケ坊は、何ともあっけなくいつもの鳥のような目に戻り、またいずれ来て、弾除けのお札を授けようと約束して去ります。

数日後の満月の夜、タマヨケ坊がやってきて土蔵の裏で小さな護摩壇を組み、祈禱の準備をしていると、そこへ、誰が呼んだのか、憲兵が二、三十人でやってきて蔵のぐるりを囲みました。

——やれやれ長一郎よ。神国の大人どもは、ありがたく出征してくれるこなたに、鉄砲に当たって是っ非、死んで欲しいと言うぞ。

そう言うタマヨケ坊に、憲兵隊が一斉に飛びかかります。

タマヨケ坊は満月を仰ぐと、ひらりと猫のように、高い杉の梢にとびあがり、

——御坊、お達者で！

との長一郎の声に答えもせず、大山の方へと飛んでいった。『除弾坊由来記』のラストシーンです。

明治三十七年の長一郎さんの話はこれで終わりですが、タマヨケ坊の物語は、実にまだまだ続くのです。

なんと、この由来記を見せてくださった木村家の現在のご主人も、タマヨケ坊の名を記憶しておいででした。

ご主人は幼い頃、ですから昭和の四十年代くらいでしょうか、お祖母さんと一緒に散歩に行って、天狗道祖神やら、太平洋戦争のとき出征式の行われた神社を通りかかるたびに、いろいろ昔の話をしてもらったそうです。ご主人のお祖母さんは、隣村から嫁がれ、さきの戦争で、予科練に志願したご次男——今のご主人の叔父さんですね——を送り出しています。

千人針だけでは不安な村人たちは、出征する息子や夫、兄弟が死なずに帰ってくるように

と、タマヨケ坊に祈ったそうです。全員が警防団員である男たちには、内緒だったそうです。憲兵や在郷軍人会に聞こえてはさらにやっかいですし。なぜか千人針はよくても弾除けのお札はタブーだったそうです。世の中は狂っていて、もう理の通じる状態ではなかったのですね。

それにしてもタマヨケ坊、戦争の時、いったいいくつだったのでしょう。江戸時代の終わる、一八六八年頃に六十歳ほどでしたら、終戦の年、一九四五年には……百四十歳近くでしょうか。

しかしこれで驚いてはいけません。なんと、タマヨケ坊は戦争が終わってからも村に現れていた、と思われるのです！

スクリーンをご覧ください。

これは、みぞれ区立図書館の郷土コーナーで探し、見つけたもののコピーです。この附近に天狗さまの伝説がないだろうかと、高校生の時、ちまだ市や横浜市、みぞれ区の図書館を探したのです。昭和四十二年、長津留中学郷土史クラブによる、ガリ版刷りの「ながつるの民話」。中学生たちが村の古老を訪ね、伝説や昔話を採集した記録です。一九七〇年代前半まで、日本の各地でこうした活動が盛んでした。小中高校の先生たちは、昨今のように過労死状態に追い込まれたりはしていませんでしたから、日本の郷土史研究の重要な担い手だったのです。この冊子も、このときに探して、コピーしておいて良かった。今はもう、焼却処分されているかも知れません。
次の写真をご覧ください。これは、この冊子に収録されている一話です。読みますね。

「子連れ天狗

戦争が終わり、町では食糧がなく、大勢の人が着物や家財道具などをもって、米とこうかんしてほしいと農家へやってきました。

やってきたのは町の人間だけではありません。長津留の若い母親のいる家にはよく、赤ん坊を抱いた天狗さまが現れて、この子に乳をやってくれとたのみこんだそうです。お札に「たまよけのお札」をくれたけど、もう戦争はないのでいらないといわれ、それからは「じょうにいい薬」をくれるようになり、これがよくきいたということです。」

それにしてもいったい、この赤ん坊は誰だったのでしょう……

（つづく）

父さんゆずり

ときどき、まったくふいに、井戸口俊樹の頭の中には、「父さんの顔」が現れる。時も場所柄も選ばず突然きらりと登場する、青黄色いゴムのような痩せた「父さんの顔」は、下がった眉毛で俊樹に笑いかける。

さらに、去年、中一の秋ごろからは、その顔が話しかけてさえくるようになった。

――これでも父さん、特別な素質があってな、それは俊樹にもゆずり伝えてあるんだ。

もっとも、本当に父さんがそんな顔だったのか、俊樹にはわからない。父さんがいなくなったのは、俊樹がうんと小さい頃だった。

*

「あーかコーナー、さんぜんよんひゃくごじゅうろくパウンド二分の一、ほとけざわあ・せいじー」

窓から流れこむ五月の風に乗って、俊樹のアナウンスは、ざわめく教室に響いた。

呼ばれた仏沢くんは、鳩みたいな目をぱちつかせ、一本きりのエノキダケのように不安げに立っている。

「対しましてはあ、あーおコーナー、ごまんろくせんななひゃくはちじゅうきゅうパウンド、ツカザ……おっとツカザキ、ゴングが鳴る前に攻撃ですっ」

アナウンスは実況中継に変わる。

「いきなりローキックだ。ご意見無用の極悪キックが炸裂する。仏沢よろけた、ぐにゃりとよろけましたあっ！　ツカザキ倒れた仏沢にニードロップです。これは危険だちょっと危険だ反則かもしんない、いいのか審判、反則とらなくていいのかあっ！」

ぎらり。格闘中のツカザキが、切り傷みたいに細い目で俊樹をにらんだ。

「るせえよ井戸口、なんか文句あんのかよ」

ツカザキの代わりにトサカ頭の男が俊樹につかみかかり、鼻をこすりつけんばかりに顔を近づけてうりうり威嚇した。そう、最初から審判なんていない。

「おおっと逆ムカデ十字固めだ！」

俊樹はトサカ頭をもぎ離して中継を続ける。

「苦しそう、仏沢、真っ赤な顔で苦しそうです！　仏沢、苦しければタップしろ、床をたたくんだ仏沢、ギブアップだ、仏沢！」

「よけいなことゆんじゃねえよバーカ」

トサカが目玉をねじりあげ、もう一人別のヤツが、俊樹の膝裏を蹴った。倒れながら俊樹は叫ぶ。

「おーっと、放送席にまでキックが飛んできました。痛い、これは痛いぞ放送席！」

仏沢くんがこすれるような泣き声をもらす。

「ねえ、ちょっと、やめなさいよ」

澄んだ声が飛んだ。学級委員の堀江さんだ。

「うるせえブース」

トサカたちの低い鼻が、美人の堀江さんをふり返る。すかさず俊樹は声を上げた。

「セブン、エイッ、ナイン、テン！　カンカンカン、ゴングです」

ツカザキは、仏沢くんのぼうぼう頭をつかんでゆさぶってから立ち上がった。前歯の溶けた口で満足げに笑う。背丈こそ小柄な俊樹とどっこいどっこいだけど、漂う殺気はホオジロザメ級だ。

「ざけんな、てめえ」

俊樹の横を通りざまに言い、すねを蹴った。

「いーってー」

かなり痛かったが、俊樹は大声で笑った。

腹が冷たい。

*

エプロンで花を受けるアルプスの乙女みたいに、俊樹はまくったTシャツに、自販機で買った缶ジュースを七本もくるんでいた。

神社の入口までは自転車のカゴに入れて来たけれど、奥鳥居の先は急な石段なのだ。

大きなカシやシイの樹で囲まれた諏訪神社の境内には、古びた水銀灯が一つあるだけ。まっ暗な自分の足元から、砂利を踏みしめる音がいやに高く響く。

「おまっとう!」

元気よく言って、俊樹は拝殿の裏へまわりこんだ。

「おせんだよ、ばーか」

「カッペだし」

縁の下にうんこ坐りした仲間たちが、オバケ屋敷のミイラ男のように笑った。全員ツカザキの遊び友達で、半分が他の中学のやつだ。

「まじ腹つめてえよ、早く受け取れよ」

俊樹は威勢よく言って、ジュースを配った。

「これ、井戸口のおごりだし」

みしりと、低い声が言い渡した。

片耳に安全ピンを五本も下げた土屋が、夜目にもでかい白目を光らせていた。小さい頃、「ガチャガチャ」に百円入れて出てきたドクロの指輪を、俊樹は思い出した。目に白い玉がはめこまれた銀色のやつ。アマゾンライダーが欲しかった五歳の俊樹はあまりのショックに泣き出したっけ。

「お、おう。いいぜ」

からっと言って、あえて土屋の横に坐った。

「ふとっぱらじゃーん」

土屋がニヤつきながら、俊樹の鼻先にビニル袋を差し出した。中にはお約束の脱脂綿。

「やんねえよ、脳みそスカスカになるもん」

俊樹は、さらにからっと言った。

「やっぱな」

土屋が手を引っ込めて言う。

「坊やは結局こうだし。おれらとつきあうなんか、やっぱ無理だし」

「しょうもねー」

「偽善ぽくねえ?」

「お坊ちゃんだし。家にピアノあるし」

「ヒャクショーのくせにピアノあるし」

ツカザキたちが口々に言う。

自尊心が刺激された。ジュースを飲み込んで、俊樹は袋をむしり取った。

深く息をした。甘いような曲がった匂いが鼻の奥から頭のすみずみに染みわたる。

袋を離そうとしたら、湿った手が、俊樹の手をきつく押さえた。両側からも押さえ込まれる。もがくうちに頭の血管が膨らんでぽわーんとしてきた。水銀灯を受けて、土屋の目が、溶けた歯が、安全ピンが、光っていた。

＊

俊樹の母さんは、話が通じない。

キッチンのテーブルをはさんで、神社から顔じゅう蚊に刺されて朝帰りした息子に、一時間ほど前から同じ小言を繰り返しては、「なんとか言いなさいっ」と叫び、そのくせ俊樹が口を開くと、たちまち岩雪崩のような小言を浴びせかける。

「やめろよ幸子、そんなふうに感情的になったんじゃ、俊樹もやりきれないよ」

横からたしなめるのは、伯父さんだ。

「男には男のつきあいってもんがあるんだ。笑いながらやったりやられたりして、手加減やかけ引きを学んで行くんだよ」

大爆笑が起きる。隣の茶の間からだ。

キッと、伯父さんがそちらをふり向く。

「おやじ、ボリュームさげてくれないか」

テレビの前に坐った祖父ちゃんは動かない。舌打ちして伯父さんは立ち上がり、祖父ちゃんの目の前のリモコンをとりあげ、音をしぼってしまう。祖父ちゃんは何も言わず、サイレントになった漫才を見つめている。

「ったく、じいさんがもう少し気を使ってくれたらいいんだ」

伯父さんは言いながら、俊樹の隣に腰をおろす。ビビッとそれに反応して、母さんが兄をにらんだ。

「何いってんのよカッコつけて。自分だってただ飯食べてぶらぶらしてるくせに！」

「なんだと！」

伯父さんの顔がみるみる赤くなり、目がふくれ上がる。

「おまえこそ、そんなクソ意地の悪いくされ根性してるから、亭主に逃げられるんだ！」

いつもの展開だ。お互いの人格や人生を否定して、中年の兄妹はののしりあう。

今日はレフリーなんかやらないぞ。おれは変わるんだ。

俊樹は懸命によそ見をした。

ソファの向こうの祖父ちゃんのはげ頭、テレビ、ステレオ、サイドボードの上の時計や、アパートの店子さんが盆暮れにくれる、あまり高くない洋酒。狭い茶の間は物があふれている。隣の日当たりのいい広い表側のリビングは、母さんが生徒を教えるピアノの部屋に譲っているからだ。

祖父ちゃんのわずかな畑とアパートの家賃収入とピアノ教室。これが井戸口家の家計を支える生業だ。

俊樹が幼いころ、ナカツルマと呼ばれていた国道の向こうの雑木林と農業地帯を、相急グループのブルドーザーが根こそぎひっくり返してタンポポ台の大分譲地ができ、相急電鉄の線路が延びてきた。国道のこっち側の、養豚場と田畑と雑木林の広がるこの境田（さかいだ）地区にも開発ブームの余波なのか何なのか、火事場泥棒みたいなケチな不動産屋がやってきて、農家に「アパートを建てれば居ながらにして儲かる」とふれこんだ。

今は亡き祖母ちゃんは、もと篤農家の家付き娘だったのに、その両親の教育のせいなのか、女学校出のせいなのか、資本主義的上昇志向の人で、子どもを二人とも大学までやり、下の女の子にはピアノまで習わせ、農家を継がせる気がまったくなくて、アパートの話にすぐに乗った。畑は半分になって、趣味の菜園みたいになり、生き甲斐をうばわれた祖父ちゃんは、養豚場をしていた生家の兄の手伝いに行っていたが、昨年、その兄さんが亡くなって養豚場もおしまいになると、本格的にテレビの番人になった。

祖父ちゃんが見ているテレビの、ステレオとは反対側の隣には仏壇がある。母さんが花と線香を切らさないのは、ご先祖と、四年前に亡くなった自分の母親のためだ。母さんとお祖母ちゃんは、ベタベタの「一卵性親子」だった。少なくとも世間の人たちにも、俊樹にもそう見えた。

——父さんは、ここにはいないの？

お祖母ちゃんが仏様になったとき、この仏壇の奥のすすけた阿弥陀様をのぞきながら、俊樹は伯父さんに聞いてみたことがある。

——うん。死んだわけじゃないからね。

そうか。死んだわけじゃないんだ。

じゃ、どうして家にいないんだ？

十歳にして初めて、俊樹は気がついた。物心ついた頃には父さんはもういなかったし、伯父さんが遊んでくれたから寂しくなかったし、最初からいない人の「不在の意味」を思う知恵など、それまではまわらなかったのだ。

考え始めると、不思議だった。仏壇だけではない、古いアルバムを見ても、母さんの机やドレッサーの引き出しを探しても、父さんの遺品一つ、写真一枚ない。伯父さんによると、夫に失踪され怒り狂った母さんが、全部捨てたということだった。

——ねえ、父さんてどんな人だった？

母さんに聞いてみたことがある。母さんはたちまち不機嫌になった。

――いくじもなけりゃお金も運もない、ないないづくしのなーんにもない男。頼むから俊樹は、父さんに似ないでちょうだいッ。

母さんに、父さんのことを聞いてはいけないのだと、俊樹は悟った。平和主義者の俊樹は、自分の心を曲げても紛争を避けるのだ。

だけどさ、おれって、いったい誰よ。

むりやり畳んだ疑問は、成長とともに膨れあがり、今では俊樹の胸の中で常に暴れまわっている。

「よくそんなでかい態度がとれるわねッ」

母さんが、原始鳥獣のように吠えている。

「おまえこそ鏡を見てみろ。どっから見てもオニババだ。尻尾を巻いて出て行った俊樹の父親に同情するね」

おっとダメだ。この兄妹、言っていいことといけないことの区別がつかず、放っておけば心が血まみれになるまで嚙みつき合うんだから。

「カンカンカン、おーっと、ゴングが鳴りましたあっ」

気がつくと、俊樹はいつものように立ち上がり、母さんと伯父さんの間に入っていた。

「両選手とも、コーナーまでさがって」

「なによ、誰の話をしてると思ってるの！」

「そうだぞ俊樹、何言ってるんだ！」

やめときゃよかった。

俊樹は腕をおろす。

こんなことばかりだ。どうしておれって、何でもしゃしゃり出て、丸くおさめようとするんだろうな。

そうさ、おれはどういうわけか、常に願ってるんだ。家でも学校でもどこでも、そこにいるみんなが和気あいあいと仲良くしてほしいって。そういう努力をしないと、いても立ってもいられないんだ。

いったい、こんな性格は誰に似たのか。ケンカばかりしている伯父さんと母さん、仕切り屋だったお祖母ちゃん、他人に興味のない祖父ちゃん。母方の誰を見ても、その血とはとうてい思えない。

ファイトを再開した兄妹のリングから、俊樹はこっそり逃げ出した。

部屋に入るとすぐ、伯父さんが逃げてきた。

「あーまいったまいった」

体格のいい伯父さんが腰を下ろすと、俊樹のベッドは苦しそうなうめき声をあげて沈む。

容姿も態度も堂々とした伯父さんは、とても「出戻り」無職の中年男には見えない。

伯父さんに似てたら、おれももう少し体が大きいんだろうなと俊樹は思う。朝礼で校庭に並ぶとき、俊樹はいつも一番前だ。俊樹と同じくらいチビのツカザキは、一番後ろでワルいやつらとしゃがんでるから。

おれ、ちゃんと背伸びるのかな。

父さんは、背、低いのかな。頭の中に現れる顔は痩せてててしなびてるけど。

「まったく、女は扱いにくいよな」

伯父さんが、同意を求める。

そうはいっても、井戸口家の家計は俊樹の母さんなしでは立ちゆかないことは、伯父さんもわかっているはずだ。

伯父さんは昔、反戦運動をしていたころや、中退した大学の近くで印刷会社を興したころはモテモテだったけど、会社が倒れて借金を抱え、奥さんに逃げられてから女嫌いになったのだと、母さんが言っていた。さらに「嫌い」が「恐怖」にまで進んだのは、痣だらけの心をかまわず踏みにじる妹のせいかもしれない。ちなみに伯父さんは今、六回目の司法試験の準備中だ。頭がいいので一次試験と二次の短答式試験は通るのだけれど、次の、七科目もある論文式試験になかなか通らないのだ。

「それにしてもな、俊樹」

伯父さんの語調が、にわかに堂々とする。

「いろんな友達とつきあって人生経験積むのは、伯父さん賛成だぞ、だけどな」

陽気でとにかく話も行動もおもしろく、そのうえ動物園や遊園地で迷子が泣いていると、必ず助けてあげる伯父さんを、俊樹は小さい頃からずっと好きだったけれど、最近はこの単純熱血ぶりについていけない。

「俊樹、おまえ結局、ていのいい使いっ走りにされてるんじゃないのか」

ぎゅん、と俊樹の胸が冷えた。熱血過ぎてたいていズレている伯父さんの指摘は、ごくまれに痛いところを突く。

俊樹にとって、ツカザキや土屋は大事な「仲間」のつもりだ。この毎日への「やってられなさ」を共有できる気がするし、一緒にいるとクールになれそうに思える。いや、井戸口俊樹とは、どんな相手をも理解して仲良くなりたい人間なのだ。いわば彼は、人間関係の冒険者とも言える。キリストかお釈迦様に近い志と言ってもいいかもしれない。ただのお調子者だと軽く見ているのは、家族と他人と本人だけだ。

でも正直いって、土屋の冷え冷えとした目につかまると、心臓が梅干しの種くらいに縮むのを感じる。やつらと一緒にいて笑ったり快活に受け答えしている自分に無理があるのも感じている。

きらり。

突然、俊樹の頭の中に父さんが現れる。

青黄色い顔で父さんはくしゃっと笑う。

——俊樹は大丈夫だよ。父さんとは違うさ。

違うって、どういうふうに？

「ねえ伯父さん、父さんてどんな人だった？」

演説中の伯父さんは、ぴたりと黙った。

伯父さんがこの家に戻ったのは、俊樹がはいはいしていたころだそうだから、俊樹の父さんと一、二年は一緒に暮らしていたはずだ。

「なんだよ、急に」

俳優みたいに「いかにも無理な明るい顔」をつくって、伯父さんは父のない少年に笑いかけ、少しまじめに考えてから言った。

「正直言って伯父さんにはわからないな。印象がうすい、おとなしい人だったな」

そりゃこの兄妹にはさまれていたら、おとなしくしているよりないだろう。

「どうして出てっちゃったの」

「ある日、『パチンコに行く』といって家を出て、そのまま帰らなかったんだ」

パチンコ屋はタンポポ台の向こうのツルマ中央の商店街か、それとは反対の巷田（ちまだ）にある。

巷田はデパートもいくつかある繁華街で、俊樹の家から畑中の道を抜け、境川を渡って東京都ちまだ市に入り、不法投棄の林や廃工場と、何となく汚らしい道を通って、自転車で二十分くらいでたどり着く。

父さんは、どっちの街のパチンコ屋に行ったのだろうか。

「父さん、パチンコが好きだったの」

「うーん、いや、どうだろうな。ああ、でもお祭りのさ、射的がうまくて、おまえにキャラメルをどっさり持って帰ったことがあったな。虫歯ができるからダメって、女どもに取り上げられてたけど」

「射的……」

「そんなことくらいかな、覚えてるのは」

「なんの仕事をしてたの」

「税理士だよ。毎日、巷田にある事務所に出勤してた。そう思ってたんだけどね、みんな」

帰ってこなかった翌日、そこへ電話したところ、女の人の声が答えたそうだ。

——おかけになった電話番号は、現在使われておりません。

*

一人になると、俊樹は机の引き出しから、一枚のハガキを出した。

受け取ったのは去年の十月。届いたのは学校。渡してくれたのは担任の先生だった。

——井戸口、この人、知り合いか？

郵便はがき

適宜な
切手をお貼り
下さい

〒101-0064

東京都千代田区
神田猿楽町2-5-9
青野ビル

（株）**未知谷**行

ふりがな	お齢
ご芳名	
E-mail	男　女

ご住所　〒　　　　　　　　　Tel.　　-　　　-

ご職業	ご購読新聞・雑誌

愛読者カード

ご購読ありがとうございます。誠にお手数とは存じますが、
アンケートにご協力下さい。貴方様の貴重なご意見ご感想を
賜わり、今後の出版活動の資料として活用させて頂きます。

●本書の書名

●お買い上げ書店名

●本書の刊行をどのようにしてお知りになりましたか?

書店で見て　広告を見て　書評を見て　知人の紹介　その他

●本書についてのご感想をお聞かせ下さい。

●ご希望の方には新刊書のご案内をさせて頂きます。　要　不要

通信欄(ご注文も承ります)

先生は不思議そうな顔で差し出した。

――いたずらだろうと思ったんだけどな、一応、おまえに聞いてみないと、と思ってな。

手垢や土で汚れたハガキの差出人は「俊樹の父」。住所はなく、消印は見知らぬ地名。不思議な色の墨と筆でにょろにょろと書かれた宛先が変だった。

〈ツルマ市立タンポポ台中学の生徒で、二年か一年の井戸口俊樹さま　先生方、よろしく俊樹にお渡しください〉

文面は、もっとわけがわからなかった。

〈父さんは今、木のうろにできたサルナシの酒を飲んで、ふと、俊樹がなつかしくなってこんなハガキを書いています。今、丹沢の大山から蛭ガ岳へ飛ぶ試験を受けたところです。受かったら、いよいよ本天狗です。

もう会えないけれど、父さんはどこにいても俊樹のことは見ている。それがわが流派の天狗のやり方なのです。俊樹はきっといい男になるよ。母さんと父さんの混血だからな。元気でな。母さんには秘密。本当はこんなハガキを書く資格、父さんにはないんです〉

なんだよ、これは。

誰かの悪質なからかいか？

けれどもなぜか俊樹には、これが間違いなく父さんからのハガキだと「わかった」のだ。

時折頭の中に現れる、青黄色い情けない顔と、このへたくそな字は、実に親和性が高かった。

引き出しにしまったハガキを毎日、眺めたり、匂いを嗅いだり、時には「おれをこんな宙ぶらりんにしやがって！」と、くしゃくしゃにしたり、すぐに後悔して皺を伸ばしたりしたから、変な色の墨の字もだいぶこすれてしまった。

結局、自分はこのハガキを喜んでいるのだと俊樹は感じた。父さんが自分を嫌って捨てたのでないことが伝わったから。

遠足で大山へ登ったのは、このハガキを受け取った二週間後だった。

頂上から下る途中、急にお腹がピーッと痛くなった。みんなから離れて道わきの杉林の下藪に入った。一学年の人数は二七〇人くらい。行列は長いから急いで用を足せば最後尾に追いつけるだろう。しゃがんでいると西風が吹いて、すぐ近くの登山道を行くみんなの声が消えた。

耳が痛くなるような静けさに包まれた。

――小僧、そこでくそをたれている小僧。

驚いた。辺りを見まわしても誰もいない。

――父さんに会いたかろう。

――えっ！

――こっちだ。さっさと尻を拭いて、紙は地中深く埋めて、まいれ。

言われたとおりにして、俊樹は藪をかき分けて、声のする方へ行った。

——こっちだ、こっちだ。

そうして声を追って藪をさまよって、日が暮れた。木立ごしに下界の、氷のような夜景がまたたいた。

——とうさーん。

声に出して呼んだら、すっと襟首を引っ張られ、身体が軽くなった。次の瞬間には、落葉の斜面をごろごろ転がっていた。

起きあがると、女子が一人いた。よその組の、かなり頭がよくて美人なので小学校の時から光り輝いていた子だ。それから二、三十分の間に、同じように斜面を転がって、二人落ちてきた。合計四人になった中学生は、おやつを分け合い、押しくらまんじゅうをし、タンポポ台体操をして、冷え込む秋の山の一夜をしのいだ。

——タンポポ台たいそう、よーいっ。

俊樹が体育の先生のまねをしたりして、みんなでやたら笑った。

あとから落ちてきた二人は、天狗に捕まって空を飛んだと言っていたが、頭のいい美人の女子は友だちの忘れ物を取りに来たら暗くなったと言って、なんとも打ちのめされた様子だったので、俊樹は張り切って、「おれなんか野ぐそしてたら、出るわ出るわで止まらなくてさあ」と言って笑わせた。

ちなみにこの四人は、今、二年四組に全員いる。俊樹と、例の仏沢くんと、学級委員の堀江さんと、鯨川という、なんだか変な女子。

無事に下山した後、担任の先生に事情を聞かれたけれど、ウケ狙いと思われたらイヤだし、父さんのことはあまり人には言わず大事にしまっておきたかったから、「声」のことは話さなかった。

＊

神社の暗がりで、土屋の目が白く光った。

「仲間が恥かかされて、黙ってるわけじゃねえだろうな、井戸口っちゃんよ」

ガムを嚙む音が、俊樹の神経をつつく。

チャッ、チャッと折りたたみナイフを、ツカザキが弄んでいる。

「あいつ、ぶっ殺す」

あいつとは、いつもツカザキがひどい目にあわせている被害者、仏沢くんのことだ。

夏休み直前、ツカザキは教室で失神した。俊樹はわけあって半死状態だったのでよく覚えていないが、仏沢くんがとうとう、おそらく決死の覚悟でツカザキに反撃したのだ。そしてツカザキを倒した。

「かんべんしろよ、犯罪じゃねえか、それ」

俊樹はさも軽い調子で言い、ぴょんと、拝殿の廻り縁のでっぱりに腰かけてみせた。本当なら「自分が悪いんじゃねえか」くらい、言いたいところだ。だけどその実、恐怖と緊張に胸は張り裂けそうで、飛び交うヤブ蚊にさえ救いを求めたい心境。

そんな俊樹にねばっこい目をからみつかせて、土屋が言う。

「犯罪じゃねえよ。十四歳までなら、何したって罪になんねんだよ」

「罪にもなんねえし、いなくなっても誰も困らねえし、あんなやつ」

ツカザキが真っ黒い口でゲタゲタ笑う。

昔はツカザキもこんなんじゃなかった。

ツカザキとは、ツルマ中央小学校で二回、クラスが一緒だった。二年生の時は、仏沢くんと三人、同じクラスだった。

あのクラスは楽しかった。担任は愛情たっぷりの若い女の先生で、仏沢くんは「仏のせいちゃん」と、みんなから大事にされていた。彼の入ったチームはどんな球技でも必ず勝つ、という法則を先生が発見したのだ。ドッヂボールのコートで、まだ歯がちゃんとあったツカザキが、小さい身体で両手を広げて、仏沢くんを守るように立っていた姿を、俊樹は思い出す。

それからどうしちゃったのか。俊樹が三年生のとき、タンポポ台に越してきた子どもでツルマ中央小学校がいっぱいになり、新しくタンポポ台小学校ができて、境田地区の俊樹たちはそちらへ通うことになり、仏沢くんともツカザキとも別れた。中学に入って再会した一年生のはじめには、まだ昔のツカザキだった。変わったのは一年生の夏休み中か。どうしてこうなっちゃったのかは俊樹にはわからない。本当はイイヤツなのに。だから、祈るように俊樹は言った。

「そんなことねえよ、母親が泣くよ。小さい妹もいるんだし」

ゲラゲラと、しかし仲間たちは笑った。

「泣かねえよ、喜ぶよ、母ちゃんも楽になんだろ。あんなバカ、何の役にもたたねんだからよ」

「生きてたって意味ねえよ」

「うめちまおうぜ。うめちまえばバレねえよ」

ツカザキの声に、ぞろっと、俊樹の背筋を毛虫が百匹くらいはい登った。

「井戸口っちゃん、びびってっし」

やにわに土屋が言った。ずうっと俊樹の顔を氷のような目で見ていたのだ。

「一人だけいい子になりたいし」

「けっこう卑怯もんだし」

「ヒャクショーだし」

仲間たちも口々に言う。

ひりついた喉で、俊樹は笑った。

「頭冷やせよ。おれ、ジュース買ってくるわ」

調子よく言って、縁からひょいと飛び降りた。膝のガクつくのを隠しつつ社の縁ぞいに回って石段を降り、鳥居をくぐる。後ろをうかがった。追いかけては来ないようだ。

自転車に乗り、前鳥居を出た。そこは閑静すぎるタンポポ台の西側道路。道を渡り、タンポポ台の隅に残った桑畑のかどを曲がって学校の横に出、学校前の線路沿いの坂を下った。タンポポ台の駅がひっそり白い灯りを放っている。一番近いジュースの自販機がそこにある。

逃げたい。でも、卑怯じゃないだろうか。「卑怯もん」「一人だけいい子になる」。投げつけられたそんな言葉が、心の手足を縛る。

ほとんど自動的に缶ジュースを七本買い、「ババチャリ」とやつらに笑われている自転車のカゴに入れ、神社に向かって坂を立ちこぎする。

桑畑の中を抜けるデコボコ道に入ると、七本もの缶がガタガタ飛び跳ねた。やにわに、俊樹はやりきれなくなった。

なに七百円も使ってんだよ、これで今月二回目だぞ。小遣い節約してもう一度大山へ行こうと思ったのに。図書室で山の本まで借りてきたのに。

桑の木のつきたところで足をとめ、俊樹は、ひっそりした通りの向こう側にある、夜空の下でもこんもり黒い諏訪神社の杜を見やった。自分の心臓の音が闇にこだましている。膝頭が震えた。

「びびってる」？

あたりまえじゃないか。だって、殺人なんか絶対にダメだ。

といって、今のあいつらを説得できるか？

できるわけがない。

とにかく、今はフケよう。逃げるのが正しいときだってあるさ。

なぜだか、家から逃げて消え去った父さんの姿が目に浮かんだ。破れそうな鼓動より強く、ペダルを踏みこんで、俊樹は回れ右しようとした。

ところが、すぐ道の向こう、神社の前鳥居の近くに誰かいる。とっさに隠れようと思ったが、人影は一人、ずいぶんひょろっとしていた。両腕を広げ、街灯の昏い光を浴びて何やらつぶやきながらジャンプしている。

「ほりえ、ほりえ、ほりえ」

その正体に気づき、全身の血管が凍った。

「仏沢っ、バカおまえこんなとこで何やってんだよ」

自転車を押し近寄って低く叫ぶと、青白い光の下で、仏沢くんは小さな目をぱちっと開けた。

「おい、逃げるんだ、早く」

「にげるんだはやく?」

「そうだ、急がないと殺される」

「いそがないところされる」

「そうだよ、殺される」

ただならぬ俊樹の様子に仏沢くんも何かを感じたのだろう、傍らに駐めてあった母親用らしき自転車に乗った。

二人はタンポポ台の西側の、なんでもアメリカの有名な大企業が開発研究所を建てるらしい、広大な工事現場の高いスチール塀の前を過ぎ、雑木林を抜け、市営住宅の板垣の前に着いた。

ツルマ中央の町はずれに八軒並んだ築四十年の平屋長屋のうち、半分以上が空き屋のようだ。自分の家へ行こうとする仏沢くんの襟を、俊樹はつかんだ。

「待て。おまえ、今日母ちゃんは」

「ふくちゃん」

お母さんの勤め先の焼き鳥屋だ。

「おまえ、今日おれんちに泊まれ。念のため」

仏沢くんは後ずさりした。考えてみれば、仏沢くんから見て、むごいプロレスの実況を務める俊樹は、ツカザキの一味でしかないのだ。

「おれを信じてくれ。危険なんだ。あの神社でツカザキたちが相談してた」

その名を聞いて、仏沢くんは深く息をした。

「おれ、がんばる」

俊樹は胸をつかれた。仏沢くんはやつらと闘う覚悟を決めているのだ。

今さらながら気づく。今やつらから逃げれば、自分ももう仲間には戻れない。戻れないだけならまだいい。「裏切り者」と追及され、報復されることも考えられた。

覚悟を決めよう。仏沢だって、一人で闘ってるじゃないか。

「おまえ、すごいよ」

俊樹は敬意を込めて言った。

「でも、相手は大勢いるんだ」

「おおぜいいるんだ」

「そうだ。『逃げるが勝ち』だ」

「そうだ。にげるがかちだ」

「にげようぜ」

「にげようぜ」

仏沢くんは復唱して、けれど家へ向かった。

「お、おい、わかってんのかよ」

玄関灯の下で、仏沢くんは振り向いた。

「ハナちゃんもってくる」

背中に小さな妹を、おんぶ紐で上手にくくりつけて、仏沢くんは戻ってきた。起こされたばかりらしいハナちゃんは、小さなこぶしで目をこすって、まん丸のあくびをしていた。

俊樹は計算する。帰ったらまず、伯父さんをつかまえて事情を話して味方になってもらう。「母さんが怒ると思うんだ」と言えば、きっと持ち前の正義感を発揮してくれるだろう。居間か食卓に母さんと一緒にいるところへ話しに行くのはダメだ。どっちが何を言い出すかまったく予測不能だから。

二人は、タンポポ台の住宅街を西から東へ、坂を下りまた登って大回りし、ヘッドライトの流れる国道を、馬で徒渉する落ち武者のように渡った。

*

パチンコ屋というのは、ものすごくうるさいところだ。

頭上から鳴り響く演歌、マイクに口をくっつけたアナウンス、ピコピコ騒がしい電子音、そのくせ生の人の声は聞こえない。これだけ人と人がくっつき合っているのに。

俊樹は、銀の玉を三百円だけ買って、空いている席に坐り、一粒ずつ大事に入れて、見よう見まねでダイヤルをまわしてみた。

父さんがゆずってくれたという「素質」ってこれかなと、思ったのだ。もしそうだったら、これで山へ行く金がつくれる。

両隣の、化粧のケバいおばさんと、アルコール漬けにした木の根っこみたいなおじいさんが、もうもうとタバコの煙を吐き出す。

父さんもタバコを吸ったかな、と思う。ときどきまわりを見て、父さんの面影を探したけど、汚れたシャッターみたいな背中ばかりが並んでいて、がっかりするだけだった。

玉は最後の一粒になった。

やっぱこの才能じゃなかったか。と思ったら、いきなり銀の宝があふれ出てきて、まるで止まらない。店員さんがプラスチックの箱をもって駆けてきた。身体が震えた。足元に財宝が二箱も蓄えられ、大富豪気分になった。ツイてるね、もっと挑戦しちゃいなよ、と油で髪をなでつけた店員さんが勧める。

夢中になった。だがなかなかツキは再来しない。銀色の財産は目減りし、一箱が空になり、もう一箱もあっという間に全部消え、こんなはずないと、三百円五百円と買い足し、またたく間に銀行からおろしてきた六四〇〇円を失くした。残りは二一円。これが全財産だ。

呆然とした肩を、たたかれる。

やばい。見回りの警察か何かか。まさか伯父さん、いや先生じゃ……。いやそんなはずない。用心のためツルマ中央じゃなくて巷田のパチンコ屋へ来たのだから。巷田は東京都ちまだ市だ。神奈川県ツルマ市教育委員会の縄張りではない。

振り向いて、もっとギョッとした。ぎょろりとした白目と、安全ピンが光る。

「こんなとこにいたのかよ、不良じゃん」

後ろの一味が、そろって歯の溶けた口で笑った。

「お、おう、あり金全部すっちったよ」

俊樹は鷹揚に笑ってみせた。

土屋はフルーツの匂いのガムを口の中でパンパン鳴らす。何か言ったが聞こえなかった。

「えっ？」

返事の代わりに、両側から抱き起こされた。

「行こうつってんだよ」

耳穴にツバがかかった。ツカザキの細い目が真横にあった。

自動ドアを出ると、騒音がやんで熱気と照り返しが迎えた。白茶けた繁華街を通り、ちまだ駅の跨線橋を渡り、がらりと一変、トタン屋根の並ぶうらぶれた住宅街の路地を抜け、不法投棄に汚れた林と廃車置き場の間の旧街道を、俊樹はずるずる引っぱられてゆく。

きらり。

真っ白な俊樹の頭に、父さんの顔が現れた。

——これでも父さん、特別な素質があってな、それは俊樹にもゆずり伝えてあるんだ。

なんだよ、のんきなこと言わないでくれ。おれ今かなりピンチなんだぜ、父さん。

廃車置き場のトタン板の塀がつきて、ばら線で囲われた空き地に出た。のびたヨモギやセイタカアワダチソウの向こうに、巨大なコンクリの塊が見える。戦前からあると噂の、何かの廃墟だった。

「ど、どこ行くんだ」

声が、ひからびた喉にからまった。

「こいつ、びびってっし」

げたげた笑いが起きる。尻を蹴られた。

＊

俊樹は目が覚めた。

薬とおしっこが混じった匂い。丸い穴の並んだ白いパネル天井に金属のレールが走り、透明な点滴パックがぶら下がっている。ミイラみたいな自分の足が宙づりになっていた。身体中が鈍く痛い。頭もぼうっとしていた。

「やあ、俊樹」

青黄色い顔が、のぞきこんで笑った。

「父さんなの？　本当に？」

父さんは、いたずらっぽい目で言う。

「天狗と人のハーフはね、一生に三回だけ飛べるんだ。今、俊樹は一度目の飛行を終えたところなんだ」

父さんの声はかさかさしていて、息は、黒土のような匂いだった。

「最初の飛行は誰も自分では選べない。自分の能力を知らないからね。人によっては三度とも自覚なしに飛行するし、最後まで飛べることに気づかない者もある」

何を言っているのだろう。

「天狗と人のハーフって、おれのこと？」

「寝なさい」

父さんは俊樹の目を掌で覆った。乾いた手だった。眼を閉じたまま、俊樹は聞いた。

「父さん、どうしていなくなっちゃったの」

父さんが笑ったのが、掌の温度でわかった。

「父さんは、だめだったんだ」

「何がだめだったの、母さんや伯父さんや、おれのことが、面倒だったの？」

「母さんも伯父さんもいい人だよ。母さんのことも、俊樹のことも、父さんは大好きだ。だけど人間暮らしは難しいね。でも俊樹は大丈夫。ちゃんと人間をやっていけるさ。父さん、見てるからね」

父さんの答えはへんてこだ。

「父さんは、天狗なの?」

父さんは両親も兄弟もなく、出所(でどころ)不明の人なのだと伯父さんは言っていた。結婚のとき興信所が調べたら、孤児院と商業高校の名簿には、名前があったそうだが。

「わからないんだ。生まれつき『素質』があったんだろうけど、最初は人間だったと思うんだ。戦争が終わった頃で、たくさん人が飢えて死ぬし、みなし子があふれてて、そんな子どもの一人二人いなくなっても誰も気づかなかったんだ」

「なにそれ」

「父さん、小さい頃、大山の天狗に拾われたんだ。このあたりを縄張りにしてる『タマヨケ坊』っていう、いいかげんな天狗さ。それで、山と下界を行ったり来たりして育った」

「でも、天狗なのに父さん、どうして母さんと結婚して、おれが生まれたの」

「だってなあ」

父さんの声が、ほころんだ。

「だって母さんは、あんまりかわいかったんだ。明るくてよく笑ってよく怒って。女子大へ行くのに、国鉄のちまだ駅へ自転車で通っててね、スカートがひらひらして、胸がこがれた。そして飛行練習中の父さんは、空から落ちた」

ずしんと俊樹の胸に温かいおもりが落ちて、身体中がぬくもり、目の中がかすんでゆく。

「待って、眠らせないで。父さん、父さん」

まぶたの上の掌が汗ばみ、重くなっていく。

「重いよ」

首を振って目を開いたら、

「おお、すまん。でも熱は下がったな」

答えたのは伯父さんだった。痛む首をのばしてきょろきょろしたが、父さんの姿はどこにもない。

伯父さんはしみじみ言う。

「よかったよ、不幸中の幸いだ。あんなところから落ちてよくこの程度ですんだものだ」

車で通りかかった人が、廃墟から落下する人影を目撃して通報してくれたのだそうだ。

「ツカザキくんだっけ、彼らは逃げ帰ったんだけれど、前からトルエン盗んだりして警察の少年課にマークされてたから、刑事が『お前らが土屋と井戸口を落としたんだな、殺人罪で死刑だ。十四歳未満でも逆送という手続きがあるのを知らんのか』と脅したら、一部始終をしゃべったそうだ」


やつらに連れ込まれた廃墟は、廃工場と呼ばれていたけれど学校か病院のような三階か四階建てだった。

割れた窓から入って、砂埃だらけの階段をあがった。最上階の鋲を打った鉄扉は、腐食して大きな穴があいていた。そこから屋上に這い出た。錆びたタンクの陰にしゃがんで、ビニル袋をまわした。俊樹は受け取らない。

——井戸口、裏切る気だし。

俊樹の襟をつかんで、土屋が言った。

——仲間かどうか、おれがおまえの根性見ぬくし。

土屋に襟首を引きずられ、俊樹は一緒に鉄柵を乗り越えた。錆びた柵の塗料がぱらぱら剝がれ落ちた。

——こっからあっちまで歩いてもらうし。

二十センチほどの、空中に張り出した屋上の縁を、土屋は指さす。踏み外したら……下は雑草の野原だけれどコンクリの固まりやらねじ曲がった鉄の棒があちこちに落ちているし、だいいちそうとう高い。と思う間もなく、いきなり土屋が俊樹の肩を抱え、ビニル袋を顔に押しつけた。

——やめろ、やめろっ！

ぐらりと傾いたのは、どっちだったか。

土屋と二人、もつれたまま宙を飛んだ。しゃがんだツカザキたちのぽかんとした顔と、その上にうっすらと青く並んだ丹沢の山並みが、コマ落としで去って行くのが見えた。最上階の破れた窓、その下の階の窓……。身体が軽かった。ざわざわと風を切る音が耳に残っている。遙か下を、土屋が落ちてゆく。

「どうなったの、土屋は」

伯父さんは、首を振った。

＊

二学期が来ても、まだ暑かった。

俊樹と仏沢くんは、諏訪神社の拝殿の廻り縁のでっぱりに並んで腰掛け、蟬しぐれをあびていた。俊樹は松葉杖をしたがえ、リュックを背負っている。出かけるつもりなのだ。父さんの世界へ。

「本当に来るのかよ」

不安隠しに、俊樹は仏沢くんをにらんでみせた。

入院中、見舞いに来てくれた仏沢くんは、言ったのだ。

――あのね、飛べる男の子をさがしてるんだ。タマヨケ坊さまは。

聞き覚えのある名に、俊樹は驚いた。

仏沢くんは身体をかがめ、小声で言った。

――おれ、神社で毎日練習してたんだ。

——なんだって、おい。

よく暗殺者たちと鉢合わなかったものだ。

——木の上にいるとね、ときどき天狗さまが来て、通信教育をするんだ。去年の遠足の時にね、誘われたの。でもね、下界はカイハツが進んで、通信教育の場所がどんどん減って、もうヤんなっちゃったから、この際、おれを山につれていくって。おれはそしつがあるからね。そしつのない弟子は、人間界に置いていくんだって。

急に大人びた顔をして、仏沢くんは言った。

——でも、おれは行けないから、井戸口、行けよ。木曜の夕方、タマヨケ坊さまが迎えに来るから。おれはね、下界にいて、堀江についてってやらなくちゃ。

俊樹は耳を疑った。

——だ、誰についてってやるって?

仏沢くんは、ひょろっと立ち上がった。

——これ、おみまい。

手垢でよれたマンガ雑誌だった。女の人がウィンクしておっぱいをゆすりあげている絵の上に、丼か何かの茶色いシミが丸くついていた。どこかのラーメン屋か何かにあったものだろうか。

ちなみにこのおみまいは、三十分後やってきた母さんに没収されてしまった。

——いやらしい！　しんじらんないわ！

その時、俊樹はとっさに聞いてみたのだ。

——母さんと父さんはどこで出会ったの？

母さんは一瞬、まちがって泥だんごを飲み込んだような顔をし、やがていまいましそうに言った。

——コンパよッ、大学の手品同好会と、社会人の奇術クラブと合同の。ばからしい！

俊樹は驚いて聞いた。

——母さん、手品なんてするの！

——うるさいッ、誰にだって若気のいたりというものはあるのッ！

母さんは雑誌をまっぷたつに破こうとして、破けないからますます頭に来て、そいつを振り回しながらぷりぷり怒って出ていった。


カシの梢ごしの空が、桃色に燃えだした。

やっぱりもう、父さんには会えないのか。

「よう、こねえじゃんかよう」

がっくり沈んだ胸の重さをはねのけるように、俊樹は乱暴に言った。「天狗さまが迎えに来る」なんて信じたのも、ちょっとてれくさかった。

「きっと、井戸口は、そしつがないんだね」

空を見上げ、足をぶらぶらさせていた仏沢くんは、ゆっくり振り向いて俊樹を見た。

「気にするなよう、そしつがないのは、『ふつうの人間』の証拠なんだ」

なぐさめてくれてるらしいトンチキな言葉が、なぜか俊樹の胸に素直にしみた。

――でも俊樹は大丈夫。ちゃんと人間をやっていけるさ。父さん、見てるからね。

かさかさした耳の中の声が胸をぬくめる。

さわがしかった蟬の声が、いつの間にかしみいるような蜩（ひぐらし）の音色に代わっていた。遠い丹沢の山並みが、夕空にくっきり藍色に浮かび上がる。

（了）

……ただいまお話ししました、長一郎とタマヨケ坊との交流物語ですが、これは実は、『除弾坊由来記』の、後半部分なのです。前半部分は、長一郎の聞き取った、タマヨケ坊自身の来歴の物語です。

タマヨケ坊とは、いったいどういう人、いや、どういう天狗なのか。

長一郎は、こう書き出しています。

「除弾坊と、その名を御坊が自ら名乗られたのではない。はじめはただの天狗と、否、まずはおのれの幻惑かと信じた。のちのち、自分がお山から戻ってより、祖母が、「除弾坊さまに会うてお礼が言いたい」と申されたので、そのように呼ばれていることを知ったものである。山ではただ「御坊、御坊」とお呼びしていた。

御坊のいでたちはといえば、修験行者の風体にて、その容は、壮健なる赤ら顔、眼はらんと輝き、鷹、梟の如くに切れ上がり、口先は殊外尖り、すこしく人外の趣と見える時もあらば、また時には、よく鍛えた壮年の武術家のごとくとも見える。だが年齢を尋ねてみれば、九十八歳と言う。自分が驚くと、笑って答えた。

「わしは天狗となったる折、二百年ばかり生くる宿命と決まったものじゃ。こののち百と二年は生きようものじゃ」と。」

お生まれは？　来歴は？　なぜ相模大山の天狗に？　と、長一郎は矢継ぎ早に尋ねています。

「取るに足らぬ恥ばかりの由来であるが、心をわけたるこなたゆえ、物語るべし」

そう言って、タマヨケ坊は語り始めます。

「わが生国は江戸下谷。父母は借店にて小商いをする者であった。同胞に兄と姉がいたものじゃ。

幼きころより、このわしは、父親の怪我、失せ物のありかなどが眼間に浮かぶことが間々あり、それを口にすればたいてい当たっていたもので、大人どもに驚かれ、喜ばれ、かまわれ、捜し物に困った者などが訪ねてきては役に立ったので、「賢い子じゃ、見るからにどことのう人と違う」「神童じゃ」ともてはやされ、末子で親のかまわぬ寂しさもあって、これがうれしく鼻高く、自ずから幼き心を慢じたものと思う。

七つの年、薬を露天で商う怪しい翁と顔見知りになり、おりおり誘われ、見せ物小屋やら物詣でやら、祭りやら、諸所へ連れ歩かれることしきりであった。幼い頃のこととて、どこへ連れて行かれたのかは定かでないが、いろいろと眼に華やかなものを見て、幼心に満足であった。

老爺の住む長屋には、貧しく怪しき、されど、わが親の家の堅気の暮らしとは違う、どことのう面白き、かたぶいた者どもがひしめいていた。

ある願人坊主は「もとは天狗に見込まれ、常陸のお山で修行せしひとかどの行者なり」とて、天狗山人の世界を様々に語ってくれた。またある痩せ男は、爺かと思えば実は三十ばかりと言い、幼い頃、天狗に連れられ、唐天竺、南蛮の果ての夜だけの国、女ばかりの国、犬人の国へなどもめぐり、たいそう楽しい思いをしたが、幼き日の楽しさに疲れ果て、大人になると腎虚（じんきょ）のごとくなって体に力が入らず、ぶらぶら者となって、親兄弟にも見放されこのとおりだと話した。

老爺には、わしの兄貴ほどの年頃の手下が幾人もおり、その子らに囃し手をさせ、「わいわい大王」の面をつけて江戸の端から端まで騒いで歩き、大店（おおだな）の売り出しの瓦版やらをまいて日稼ぎをしていた。そのような騒ぎに、わしもしばしばついて歩いた。

しかるに、十一の年に父が亡くなった。いつまでも遊び歩いているわけにもいかぬ。母と兄の勧めで池之端の寺へ小僧に入ったが、早起き水仕事に掃除に読経、することがすべて決められており、気鬱でたまらぬ。一月と仕えおおせず、すぐに別の寺へ入れられるが、また逃げ帰る。かくして勤め先より出戻ること幾度(いくたび)。しかるうちに、母兄にも町名主にも叱られ、どこへ行っても渋面を作られ、ゆくあてもなく、また老爺の長屋へ入り浸る。

ところが老爺、ほどなくみまかり、わしは、兄貴分の者に誘われ、こたびは願人坊主の弟子となった。腰蓑一丁で祭文踊りをする門付けの助手(すけ)に、錫杖を持ってついて歩いたりしたが、ほどなくこの人が、お山へ帰って本天狗になると言い出した。師匠が呼んでいるのだと言う。かくてわしも兄貴分とともにつれだち、常陸の岩間山へ参って、御年(おんとし)二千歳の天狗山人さまに入門したのじゃ。それが十二の年。

十日の断食、百日日(ひ)がな休まずの護摩焚きと読経修行、さてまた滝に打たれ、山を駆け、熾火をあちちあちちと渡ったものじゃ。苦しい修行と言えども、そのころのわしにとってはおもしろく、また気心の知れた願人どのや兄貴分に囲まれ、どこか心伸びやかに励むことができたのじゃ。この修験兄弟たちの中には、高き木の梢から梢へ飛ぶ者、読経しつつ胡座して宙に浮く者などがあった。

なれど、おのれでは気づかなんだが、岩間には天狗が十三あり、そのうちほかの天狗の弟子たちのなかに、なじかわしを胡乱(うろん)に思う者があったのじゃ。とくに山人さまにかわゆがられ、「己が、己が」とのわが口癖が、鼻についたのやも知れぬ。滝業の日、やにわに囲まれ簀巻きにされて、いずことも知らぬ山中へ捨てられた。この折は、幸い、猪とりの猟師に助けられ、名主、代官へ届け出され、江戸へもどされた。

なれど、このようなわしを迎えた兄、母の心労ひとかたならず。次には母がってを頼み、武家の奉公にわしを送り込んだが、またしても渋面の人々の中でのへいこら下働き。辛抱がきかず、つい不調法がつづくに、天狗修行をかじった誇りが心をふくらませ、「己は幼き頃より神童と呼ばれ、天狗山人の修行もせし身、これだけの者ではないぞ、もそっと大きう、人をも世をも助ける者となるべし」と気ばかりは一丁前、またぞろ失せ物のありかを教えて人に喜ばれては鼻を高くして、いっこう、掃除、衣類の繕い、水汲み、菜の買物の算段など、下働きをまるで覚えずにいた。

さるほどに、薬種商の大主人やら、今をときめく国学の大師匠に面白い童じゃとこわれて居候し、山修行の話などをすれば、これが人々の気を買い、江戸中の高名なる文人墨客、考証学者、武術家までもがこぞってわが話を聞き求めるようになった。

ひとかどの高名を得て、わしはいよいよ我慢上増。日々もてはやされ、とうとうなまかな心臭き人天狗になった。

人天狗。これこそは、天狗の神通力もその修行の心構えもなく、ただ少しばかりの聞きかじりを吹聴し、そのくせ心はうつろで世の寵の失せることばかりを恐れる、そんな、我執に凝り固まった半端な者のことじゃ。
もてはやされた日は須臾（しゅゆ）の間であった。

わしは浮き足だったまま、学び盛りの若い日々を空費してしまった。わしをかわゆがった学者先生の門下に身を寄せていたが、先生の門人たちは、着実に学を積み、あるいは郷へ帰って人々のために働き、あるいは先生のために方々に使いして骨を折り、認められ地歩をかためてゆく。そのさまを見送りつつ、わしは焦る心のやり場もなく、下働きにも身が入らず、家を出てふらふらとかつての老爺の手下などを訪ね外泊を重ねるうち、塾の実直なる食客、中間、下男下女なぞより、「半人前よりなおひどい」と嘲られ、とうとう誰にも顧みられぬ厄介者となりおおせた。母も既になし、兄はほとほとわしにあきれ、わしは次第に酒を飲み、とうとう国学先生にも見捨てられ、三界にゆくところを失い、親切なる人のつてにて、さる寺へ新発意（しんぼち）となって入ったのが二十三、四の年のこと。

されどふらふら者、寂し者の心はやまず、またこの寺にても、人の気を引かんと、失せ物を言い当て、町の女どもの親切を餌とするうち、亭主持ちの女によくされ、はては知らず知らずに男どもに恨まれ、ある夜、またしても簀巻きにされて、品川の海に放られた。

「岩間の山人さまよ、願人師匠よ助けたまえ」

波間に浮かんと首をもたげ、雲の覆う大空を仰いで祈ったが、飛び来たる山人さまの姿は見えず、気は遠のき……気付けば、そこは海辺の苫屋であった。

助けてくれたは、投網にて漁（すな）どる三浦の漁師（あま）ども。わしは涙を流して謝し、こたびこそは心を入れ替え、漁師の下男なりともと誓い、実体に勤めて働くが、いかにものみこみは悪し、船には酔い、網の繕いなぞの手も遅く、またしても「己はかようなところで終わる男でもなし」と、いわれのなき慢心の頭をもたげ、またぞろ、失せ物さがしで人の目を引き、そのうちに、すっかり心やすくなった漁師の嬶（かか）が二人、互いにわしをめぐっていさかい始めた。

なんたる人でなしか。わしは二人の女に争われることが内心うれしうなり、人の騒動をあおり喜ぶ心が芽生えるを感じたのじゃ。

かくして、顚末はまたも同じきこと。

村の講中にての大山詣りに、奉納の大きな木太刀を担いで網元の伴をして参ったが、禊（みそ）ぎをする大山不動の滝のつぼで、皆より頭を沈められ、さあまたしても簀巻きになって、こたびは山中に頭一つい出して埋められてしもうた。

人も訪れぬ林中、蚊に食われヤマイヌにかじられかけ、カラスに目をつつかれ、それでもなどか、「己はかようなところで朽ちる男ではなし」と、ゆえのない慢心にてわが身を励まして、雨露を呑み、体を揺すって縄目をなんとかぬけようともがき、時に大声で助けを呼び、けっく何ともならなかったが、それでもかの天狗修行の折の断食、百日の行を思うて、しまいには「死なぬ、己は死なぬぞ」とうわごとのようにくり返して、ひたすら耐えた。

ある月の夜。六尺棒でつつかれて目覚めた。目を上げれば、顔の赤い行者であった。

「おのれはかようなところで何をかしよるぞ」と、助けもせずに尋ねる。わしは、三浦の漁師どもに、ゆえなき恨みを買い、簀巻きにされたる由をば語った。

「懺悔はしたるか」

「己に何の罪のあろうか！」

と、土中に埋まり痩せさらばえた顔で、わしはいきんで言った。すると行者はカラカラと笑い、「もそっとそこにおれ」と笑うて行ってしまった。

翌日であったか、行者はまた来た。

「おのれはなにゆえ、かようなところに埋まりたるぞ」と言いながら、こたびはわが口に、温かい粥を匙で入れた。

わしは飲みこみかけた粥を、咳き込み吐き出して思わず叫んだ。

「己が知りたし！　己は常に人をば愛し親しむ心多く、つねに人をば喜ばすべしと、おもしろき話をし、失せ物のある者にはありかを探して教えるものを、気付けば『浮つき者よ』と蔑まれ、嫌われ、簀巻きに遭うことばかり！　恨まれる故なら、己こそ知りたし！」

なにゆえか。なにゆえ己は、行く先々で人に憎まれ排さるるものか。叫びつつわが眼より、熱い涙がほとばしった。

「知りたし。知るまではさらに死ねず！」

すると返事の代わりに行者は言うた。

「ただいまここで、みどもに助けらるるも、生き延びるすべぞ。かような山林に通う者とて、さらにはなし」

「助けられたし！」

叫べば、行者は大いにうなずいた。

「さらば一月の精進忍耐をばせよ。みどもの言うを聞き、早起きし、掃除をなし、お山を登り駆けおり、焚き物を拾い、水をくみ、畑を耕し、経をあげ、木の実草の実の粥を炊くべし。懈怠すればすなわち、ふたたび地中へ埋けるものなり」

かくして、大山不動の行者に助けられ、修行の日々が始まりますが、生来のふらふらでまた怠ける。すると、あっという間にまた山林に体が埋められている。反省を求められ、わびて出してもらっては、また修行をさぼり、また埋められ、また出され、しかしそうこうしているうちにだんだんにタマヨケ坊は、修行の生活に慣れていったそうです。

ところでこの、タマヨケ坊を助けた行者ですが、「法印さま」とあるばかりで、固有名詞はわかりません。しかしどうやらこの人が、例の長津留と丸瀬の間の薬師堂の堂守、「法印さま」の何代目かだったようです。

「法印さま」には、拝み巫女をしている妻がありましたが、子はなかったようです。タマヨケ坊は、夫妻の跡取りになったのかも知れません。「法印さま」の住む薬師堂の脇坊にいて、村人に親しむようになります。


「修行の甲斐か、年を重ねたこともあろうか、おのれが嫌わるるか好かるるかなぞ、爪の先ほどにも心にかからなくなり、高い木の柿がもげずに悩む老婆があれば、行ってたちどころにとってやり、「なぜ鳥の分を残さずすべて穫ったか」と叱られては素直に謝り、一緒に皮を剝いて干して、家の者に感心され、さてまたは、おぼれた子のあるのを風の動きで察して駆けつけ、山道で腰をぬかした爺を背負って家へ送り、次第に人々に「実のある坊よ」と認められ、少しずつ穏やかな心が芽生えたものであった。

かような華やかな役立ちばかりではない。そもそもおのれが過ち多く、生臭き心のために失態を重ねたがゆえに、同じようなる者たちの不調法な迷いを、ひたすら憐れんで聞いた。

そうこうするうち、かの戊辰の年、江戸のご公儀が倒れ、かの廃仏の騒動が起こり、お山は新しき国学に染められ、村の講の御師も神道者となって訪ね来て、法印さま夫妻とわしとに、お上（かみ）の修験禁止令を告げ、薬師堂を出払うが安泰であろうと諭す。

しばらく心厚い村の名主の離れに宿っていたが、もう良いお年であった法印さまは、まるで力尽きるようにみまかられた。とぶらいをすますと、お袋さまは、ご実家すじに子守の手が要るのを幸い、其方（そちら）へ去られた。

またしても一人となったわしは、くらくら煮える思いを抱き、修験仲間がこぞって去ったというお山へとあえて戻り、人も通わぬ山間の藪にて一人、小屋がけしてふらふらと好きに修行のみして日を送ることとした」

廃仏毀釈の嵐のなか、一人で大山の山中に隠れ住み続け、その後も世の動きにも、山中の神道家たちにも、われ関せずとやり過ごし、向こうも、話の通じない爺さんと思って放っておいたのでしょうか。そのうちに修験禁止も解かれるのですが、それにさえ、タマヨケ坊は関心がなかったのか、「由来記」の中で何とも語られていません。

どうやらこの間に、タマヨケ坊は半分、すでに人ではなくなって、あやしの者になっていたのではないかと思います。「しだいに鳥獣の語を解し、さえずりをともにし、苔や落ち葉を煮て食い、熊に爪の垢を乞うて飲み暮らしておった」と、長一郎に語っています。

そして日清戦争の明治二十七年ころ、タマヨケ坊は久しぶりに再び、村に現れるようになります。

そのとき「亀次のおっ母」のもとへ飛んできたタマヨケ坊の話は、村の者はたいていい知っていました。だから長一郎のお祖母さんも、タマヨケ坊に願ったのです。

日清戦争にわが子をとられることになった「亀次のおっ母」は、わが子がどうぞ弾に当たりませぬようにと、一心不乱に天狗道祖神の前で手を合わせたそうです。

村の神社はお国ためのものになってしまいましたから、そんなことは祈れませんし、檀家のお寺にもそんなことは言えません。以前でしたら薬師堂の「法印さま」か、その女房どのに相談していたかも知れませんが、その人たちももういない。仕方なく、「法印さま」ゆかりの天狗道祖神に祈ったのです。

一人で山にいたタマヨケ坊は、亀次のおっ母の声を聞いたと言います。ただちにこの、小作農の夫を亡くした、貧しい母親の元へ飛んでいって、その場で小さな護摩壇をしつらえて拝み、戦場に行っても弾に当たらないでいられる「弾除けのお札」を授けたのでした。お札は大根を一本。

こうして窃かに、村人、とくに女たちからタマヨケ坊は頼られるようになったと言います。

「タマヨケ坊」という名も、このときに呼ばれるようになったもののようです。

「もとの御名は?」と長一郎に聞かれ、「失念したり」とタマヨケ坊は笑って答えています。

タマヨケ坊が、憲兵に囲まれ飛び去っていったことは先ほど申しましたとおりです。結局、肝心の長一郎さんは、弾除けのお札をもらえなかった。そして帰ってこなかったようです。

けれどタマヨケ坊の方は、木村家の現在のご主人のお祖母さんの語っておられたように、太平洋戦争の末期にも、女たちに祈られてはかけつけ、お札を配っていた。

ですからたぶん、日露戦争のあとの、大正時代のシベリア出兵の時も、昭和六年の満州事変からつづく長い戦争の間もずっと、タマヨケ坊は、なんとか出征する人たちを守ろうとしていたに違いありません。そして、民話に語り残されたように、戦後も、戦災孤児と思われる赤ん坊を抱いて現れていた。

そして。なんとですね、もっと後にもタマヨケ坊は、このあたりに出没していたんです。いま、戦後から七十年以上たちまして、ひょっとすると新しい戦前が来ているのでは、と思われるような今日このごろですが、まあそれはさておき、つい最近、一月ほど前に、またこんな事例が見つかったのです。

スクリーンをご覧ください。

今度は動画です。これは、どなたかがスマホで撮影してユーチューブにあげたものです。

……不鮮明ですが、ショッキングです。交通量の多い国道をまたぐ陸橋の上。その手すりから、あっ、子どもが飛び降りようとしてる……


（つづく）

秋の道しるべ

堀江桂の勉強部屋からは、丹沢山塊の青い山なみが見える。キリッと晴れた冬の朝はくっきりと、窓辺のヒメシャラの若葉が強く茂り始めたこのごろは、遠くぼやけて。なだらかに寝そべった連山の、いちばん左端の三角形が、大山だ。

四年前、引っ越してきたときは、この景色がうれしかったけれど、今はイヤだ。大山なんて、思い出したくもない。

大山には去年、中一の秋、学校の遠足で登った。そして帰り道、みんなとはぐれ、いや、はぐれさせられ、遭難した。

あの子たち、私が死んだらどうするつもりだったんだろう。

あの日、頂上から降りる途中、ジグザグ道の曲がり角で、クラスの女子数人に囲まれた。背の高い、目のつり上がったスダさんが、

――ねえ堀江さん、ブー子が頂上の神社の前に、メガネ置いて来ちゃったんだって。

やせてるのに変なあだ名をつけられてる高木さんを、スダさんは、こづくように前に押し

やった。

——一緒に取りに行ってあげてよ。学級委員でしょ。先生には、私から言っとくからさ。

二学期はもう学級委員ではなかったし、登り返すなんていやだったが、スダさんたちから仲間はずれにされている高木さんが気の毒だったし、堀江桂は頼られると断れない。一緒に行ってあげることにした。

ところが五分も登らないうちに、高木さんが、もう歩けないとしゃがみこんだ。桂の荷物を持っててあげるから一人で行ってくれないかと、ひどくオドオドしながら言うから、桂はリュックを預けて一人で頂上まで登った。ところが、寂しいあかね色の陽ざしに包まれた祠の前にも、休憩所の前にも、秋風が吹いているだけで何もなかった。

下るうち、秋の日は早回しで暮れ始めた。どこまで降りても、高木さんに会えなかった。やがて見覚えのない道しるべに出くわした。こんな分岐はあったろうか。どっちへ行けばいいのだろう。焦るうちあたりはまっ暗になり、足下がまるで見えなくなった。木立の向こうに冷たい夜景がまたたく。

どうしたらいいの。

頭の中も真っ暗になった。

バサバサッと、鳥の羽音がした。ギョッと心臓が縮まり、はずみで涙があふれた。

——はめられたようだな！

甲高い笑い声が、空から響いた。

――人の世は醜い！　怒れ、怒るのだ！

ああ、これが幻聴ってやつだ。私、気が狂って死ぬんだと思ったら、気が遠くなった。

目覚めると、真っ暗な林の中の大岩のたもとに横たわっていた。ジャージしか着てないから、体の芯まで湿った冷気がしみて、ガタガタ歯の根が合わさらなくなって、ますます泣きたくなった。

すると上の方で、どすんと音がした。何かが木立の斜面をごろごろと転がってきた。息を呑んだ桂の足下で物体は止まり、落ち葉だらけの頭が起きあがった。

――いってえー。

隣のクラスの、よくプロレスの実況をやってるお調子者の小さい男子、井戸口くんだった。同じタンポポ台小学校出身なので、クラスは一緒になったことがないけど知っている。

それから二、三十分の間に、同じようにごろごろと、二人ばかり転げてきた。少しハンディキャップがあるらしい仏沢くんと、同じ小学校出身だけど、ちょっと変すぎて「なんか困る」とみんなから言われていた鯨川さん。

この日の四人の遭難者は、今、同じ二年四組にいる。

＊

堀江家の食膳には、朝からおかずが四品もつく。ミツバの芥子和えを小鉢にわけながら、ママが言う。

「パパ、桂ちゃん、中間テストでまた学年一位だったのよ」

桂は二人の子どもなのに、ママは桂のことをパパに自慢する。

「公立中学のバカどもを相手に、それくらいできて当たり前だろ」

広げた新聞で顔を隠したパパは、箸をのばして漬け物の鉢につっこみ、引き寄せる。そんな夫の態度にしょげまいと、ママは必死に微笑む。

「桂ちゃん、今晩おばあちゃまにテストの結果、電話しましょう。おばあちゃま喜ぶわ」

うそうそ。別に喜びゃしない。

「桂ちゃん、これ、楓ちゃんにあげて」

ママは、盛り上げたお仏飯を渡す。

堀江家のリビングのサイドボードには、小さな仏壇がある。楓ちゃんは桂のお姉ちゃんである。生まれてからずっと施設で過ごし、五年前に十三歳で亡くなった。一言も口はきけなかったけれど、きれいな瞳の動きで、呼びかけに答えてくれた。

ところがおばあちゃま、つまりパパの母は、楓ちゃんのことを「あんな子」と呼び、その重いハンデはママの遺伝だと決めつけたそうだ。だからママは証明したいのだ。私は「桂みたいな子」も産んだと。

むだむだ。桂が優秀だというと、それはパパゆずりだとおばあちゃまに言われて、またママは泣くのだ。

桂は思う。

私はどっちにも似てません！

一家でテレビのニュースを見てると、本当にそう思う。たとえば、原宿にたむろする家出少女が、誘拐されて殺された事件が報道されたとき、パパとママの感想はこうだ。

――こんな尻軽女、殺されて当然だろ。

――そうよ、ついていくほうが悪いのよ。

はたまた、ベトナムのボートピープルや、カンボジア難民のニュースのときは、こう。

――浮浪者どもが、人の国に来るな！

――いやねえ。欧米の人とは違って、こういう人たちは物騒よね。

サイテーッ！　ばっかじゃない?!　ただの人種差別じゃん。

桂は軽蔑でいっぱいになる。

「ねえあなた、今度、さな子ちゃんが、西ドイツから帰ってくるんだけど」

ママが、新聞の壁に向かって言う。

さな子ちゃんというのは、ママの同い年のいとこだ。ママの話によく登場する。

「今度、うちへお食事に招いてもいいかしら」

「あのオールドミスのキャリアウーマンか」

新聞の中で、パパがチッと笑った。

「あれだけの人になると、いくら美人でも男の人から敬遠されるのね。もう四度くらい、お見合いに失敗してるのよ、さな子ちゃん」

心配そうな声を出すママの横顔は、ふっくら安らいで見える。

お見合いして、相手と自分が「合わない」と判断することのどこが「失敗」なんだろう。

結婚さえすれば成功なんだろうか。

だいいち、ママの結婚は成功なんだろうか。いつも悲しそうだから「失敗」なんじゃないだろうか。いったい、パパのどこがよくて結婚することにしたんだろう。

桂はほとほとバカバカしくなる。

私、ぜったい結婚なんかしない。

＊

さな子さんがやってきた。

白い襟から伸びるすらりとした首、さっぱり短い襟足と、前髪を持ち上げたきれいな額、笑いじわが表情を添える、はりのある瞳。桂のママと同じ三十九歳とは、とても思えない。

くっきり形のいい大きめの唇を引いて、

「桂ちゃん、大きくなったのね」

笑いかけてくれた。桂が赤ん坊の時、一度会ったことがあるそうだ。

エビと空豆の寒天寄せだとか、焼き豆腐の木の芽田楽だとか、白身魚の葛蒸しだとか、テーブルクロスにママの手料理が並ぶ。

なかでもさな子さんは、キュウリのぬか漬けと根菜類の含め煮に喜んで、

「ああ、これがほんとの和食よね。あつ子ちゃん、あいかわらずお料理上手だわ」

裏のない声で屈託なく言った。

パパが、自分のグラスにだけワインをつぎながら、大先生のような口調で言う。

「それで？　環境ビジネスの事業コンサルタントって何なの」

ヨーロッパでやっていたその仕事を、さな子さんはこのたび、友人が横浜で立ち上げた会社で始めるため、帰国したのだそうだ。

「日本でもようやく、環境ビジネスの会社ができはじめましたけれど、営業がうまく行かなかったり、トラブル時の対応のノウハウがなかったりするんです、それで……」

「それってあれでしょ、土壌汚染をどうかする機械だとか、生ゴミを肥料にするだとか」

ちっしっしと、パパは笑う。

「そんな非生産的なもん、商売になるのかね。ましてや、そんな会社から相談料ガッポリとろうだなんて、甘いんじゃないの」

さな子さんは唇をむすび、毅然と、かつ鷹揚に微笑んだ。なんてステキな「わからずやのあしらい方」だろう。桂はときめいた。

「あつ子ちゃん、おかわりしていいかしら」

さな子さんはすんなりした指で、からになった茶碗をママに差し出した。

話題の外側にいたママは、びっくりして、それから笑い声を立てた。

「まあ、見かけによらず大食漢ねえ」

「だっておいしいんですもの、すごく」

「うれしいわ」

ママは本当に嬉しそうにした。

「誰もそんなこと言ってくれないんだもの」

食事が済むと、桂はウッドデッキへ出た。パンジーや紫ランの鉢を、リビングに入れる。

さな子さんも手を拭きながら、ママのサンダルをつっかけてふらりと出てきた。

「わあ、いい景色。旅館みたい」

よく晴れた五月の一日が終わるところで、丘二つ分の地形に広がる住宅街の、紙細工のような家々が桃色に染められていた。その上に、紫色の影絵になった山が連なっている。

「丹沢ね。あの左端の三角が大山でしょ」

さな子さんの声が、夕空にしみわたる。

「私、短大時代に山登りしていたの。丹沢は稜線から谷まで、くまなく歩いたわ。山歩いてるとね、自然がどんどん破壊されていくのがわかるの。あのころは、山もゴミだらけだったのよ。下界は高度成長時代で、開発開発で、それがいいことだとみんな思ってた」

自然保護の仕事に就きたいと思って、卒業後は市役所に勤めたけど、希望の仕事にはほど遠く、三年働いてお金をため、ヨーロッパに留学したのだと、デッキチェアに腰を下ろしながらさな子さんは話した。

桂はすっかり、さな子さんのとりこだ。

だから、ぜひとも聞いてみたくなった。

「中学の時は? 中学のとき、さな子さんて、どんな子でした?」

おずおず、けれど前のめりになって聞いた。桂は、大人に甘えるのに慣れてない。

椅子に寝そべったさな子さんは、形を変えてゆくスミレ色の雲を見ていたが、

「マジメさんだったなあ」

空に向かって答えた。

「おっちょこちょいだったな。規則をまじめに守って、廊下で力道山ごっこしてる男子をつかまえては、『ちょっと、チャイム鳴ったわよ』とか言って、みんなに嫌われてたかも」

桂を振り向き、外国の女優さんみたいに肩をすくめた。ちっともわざとらしくなかった。

色を落としてゆく夕映えが、そっくり桂の胸に広がって照り輝く。

＊

今日、桂とキロちゃんは、横浜に来ている。塾の全国テストがあったのだ。すべて終わると、キロちゃんは桂の腕を引っ張った。

「あたし、横浜見物したいんやけど」

キロちゃんの言葉は、関西や北陸など、今まで住んだいろんな地方のブレンドだそうだ。参考書や単語帳のつまったカバンをさげた二人は、身ぎれいなビル街を抜け、マリンタワーをふりあおぎ、山下公園をぶらぶらし、氷川丸の前で観光客のおばさんたちのシャッターを押してあげ、「あれは何の工事？」と広大な工事現場の覆いを指さされて、「横浜みならい21です」と答え、それからハンバーガーのお店に入った。

ポテトとオレンジジュースは、塾の近くのマクドナルドより高かったけれど、音楽もお客たちも静かなお店だった。二階席へ上がって、街路樹のプラタナスが緑を広げた窓際の席につく。まるで木の中にいるようだ。

「ま、ヨコハマヨコハマいうても、たいしたことないな」

キロちゃんは、ポテトをしょりしょり短くしながら断言する。

「山下公園ゆうても、きったない水がちゃっぽんちゃっぽんしとるだけだねか。日本海の波はすごいぞ。どどーんどどーんてタマシイ撃ちぬかれそうや。富山の海岸なんかあんた、もっと異国情緒やぞ。韓国語やロシア語のゴミがどしゃどしゃ流れてくるがだもん」

返事の代わりに桂は笑った。

「カナガワ県へ引っ越すて、富山の友達に言うたら、『四国け?』て言われたわ」

カガワ県と区別がつかないのだそうだ。

「だからあんた、神奈川県いうくらいで、日本の中心だ、思うたら大間違いやぞ」

「思ってないよべつに。中心じゃないし」

「しかしあの『くれーじー河口』なんとかならんのかいな。けったくそ悪ッ」

キロちゃんの話は、ぽんぽん飛んでゆく。

くれーじー河口は、産休補助の英語教師だ。瘦せていて電気クラゲのようにぴりぴりした三十男で、美人の女子には特にねちねちからむので有名だった。

「うっとーしいよね、ほんと」

桂が心から相づちを打ったのに、

「しかし桂、仏沢くんには気をつけたほうがええぞ。深情けは禁物や」

キロちゃんはまた話題を変え、桂は思わず、いやーな顔になった。

「親切にするのはええけどな、男子ってアホやし、すぐカンチガイしていい気になっぞ」

キロちゃんはなぜか声をひそめた。

「こないだトイレの前でツカザキくんら、ウンコすわりして、仏沢くんこづきまわして言うとったぞ。『堀江桂、ぜってーおまえに気ぃあんぜ。男ならコクハクしろ仏沢』て」

「げえっ、じょうだんじゃないよ」

「だけど仏沢くん、よう桂のこと、じいっと見とるよ。コクハクされたらどうする？ ヘタに断ると恐いぜ。復讐してくっかもわからんぜ。ああいう子やし、偏差値の違いもわきまえられんと、クモの糸みたいネバネバドロドロ、どこまでーも、くっついてくっぞ」

「やめてよ」

申し訳ないけど、桂は本気で身ぶるいした。

仏沢くんは毎日、教室の後ろでツカザキくんたちからプロレスの技をかけられ、奴隷扱いされているエノキダケみたいな子だ。この間、ツカザキくんたちにカバンを捨てられて困っていたので、桂は先生に頼んで新しい教科書と縦笛をもらってあげた。その前は、本人自身が窓から捨てられそうになっていたので、「やめなさいよ」と言ってあげた。

実は仏沢くんは、去年の大山での「遭難仲間」だ。けど、そのよしみってわけじゃない。見て見ぬふりできないのが堀江桂なのだ。

キロちゃんが今こうして桂と一緒にいるのも同じこと。転校してきて、音楽室や体育館への行き方もわからないでいるキロちゃんに、声をかけたのが桂だった。キロちゃんは、休み時間になるとすぐに桂のわきに飛んでくる。桂が塾へ行っていると聞くと、一緒の「湘南高校錬成クラス」にこそ入れなかったが、同じ塾に申し込んだ。

大きな窓が、さっと曇った。

ガラス一面が、洗剤液で覆われていた。泡の向こうに青いツナギの人影が見える。

「スパイダーマンだちゃ」

キロちゃんが言った。

ロープにさげたブランコに尻を載せ、青いクモ男は、窓の端から端へ飛びわたり、ゴム引きの水切りをひるがえらせる。泡と一緒にガラスまでが消えたように透明になった。ブランコに巻きつけたロープをといて、男はすとんと下に消えた。

「かっこええわあ」

感にたえないように言うキロちゃんと一緒に、桂も窓の下をのぞき込んだ。地面に到着した男が、安全ベルトの金具をはずしている。

「なんや、わりとオッサンやな」

クモ男は、髪こそ長かったけれど、うつむけた浅黒い頬の線は、ややくたびれていた。

歩道には、通行人に注意を促す、赤い三角コーンが立ててある。よそ見をした通行中のビジネスマンが、その一つにぶつかった。気が立っていたのか、男はそれを思い切り蹴とばした。赤い三角は、プラタナスの根元に当たってはね返る。そこへ、スーツの女性が通りかかった。

「あ、あぶないっ」

窓際の女子中学生たちがさけんだので、店内のお客がいっせいにふり返った。

すべってきた物体をよけようと、女性がひらっと跳ねた。ヒールで着地して女性は顔をあげた。短い髪が乱れている。桂は驚いた。

「あっ、さな子さん」

「なにけ、知った人？」

駆け寄ったクモ男は、ヘルメットをはずしてわびる。さな子さんは「いいえ」と軽く手を振ったが、その目が大きく見開かれた。

あら、だれだれじゃないの？

そんなふうに唇が動いた。

クモ男も、さな子さんをじっと見る。

＊

この大掃除が済めば、明日は夏休みだ。

拭き掃除を終え、桂は重たいバケツを持ち上げた。一緒に運んでもらおうと、キロちゃんを探したら、キロちゃんは窓際で、にぎやかグループの吉沢さんたちとおしゃべりに夢中だった。箒の柄をスタンドマイクにして、奇妙なくねくね歌いをして、吉沢さんたちを笑い転げさせている。最近キロちゃんは、「洋楽」好きの吉沢さんたちと仲がいい。

仕方なく、桂はバケツを一人で運ぶ。

ふいに軽くなった。

ひょろっとした手が、桂の手のわきに添えられていた。その腕をつたって顔を上げ、

「ひゃっ」

桂は手を離した。汚れた水が波打って、仏沢くんのジャージとうわばきをぬらした。

「あー、だめだよー、ほりえー」

「い、いつの間に」

学校に来てたんだろう。仏沢くんはこの間、プロレスごっこでとうとうツカザキくんを倒し、二人とも血まみれになって欠席中だったのだ。

「あのね、ほりえ、おれね」

仏沢くんは、鳩のような丸い目で桂を見つめた。桂は助けを求めて友をふり返るが、キロちゃんはいよいよ大笑いの渦中にいる。

仏沢くんは、ぼうぼう頭の顔をつきだした。

「おれ、ほりえにだけは、見せてあげるの」

桂は飛びすさる。

「あとで、焼却炉の裏に来いよな」

ささやくと、仏沢くんはバケツをさげて、ひょこひょこ教室を出ていった。

＊

さな子さんの新しいマンションは、横浜の丘の上にあった。

フロアに積まれた段ボールは、そうたくさんなかった。桂の手伝うことといえば、よく使い込まれた木の棚をふいたり、小さな家具運びを手伝ったりするくらいなものだ。

「これ、お気に入りなの。ウィーンの骨董屋で買ったのよ」

古びた丸いちゃぶ台だった。さな子さんの持ち物は、みな落ち着いた味わいがある。

一通り片づくと、

「お腹すいちゃったでしょ」

早めの夕食にしましょうと、さな子さんは手早く料理もこなす。アボガドとエビのサラダ、ガーリックバターのとろけるフランスパン、赤ピーマンとナスやセロリの炒めあえが、ちゃぶ台に並んだ。

板床にいぐさ編みの座ぶとんを敷いてぺたんと坐り、ちゃぶ台をはさんで向かい合う。さな子さんはワインの栓を抜き、桂のグラスにはジンジャーエールをついでくれた。

「こんな料理じゃ、桂ちゃん、お腹一杯にならないね」

さな子さんは笑った。確かに食べざかりの桂には少々物足りなかったが、そんなことには気づかずにいたかった。

「いいえ。すごくおいしいです」

さな子さんのきれいな瞳の端が、何か悲しげにさがって桂を見つめた。

「ほんとにいい子だね、桂ちゃんは」

いたわるような微笑が、桂の心をぎゅっと締めつけ、胸底の思いをあふれさせる。

ママは始終「心配だわ」「大丈夫なの?」というが、こんなふうに桂を気遣うことはなかった。同い年で、同じ祖父母を持ち、同じように短大を出て、どこでこんなに違ってしまったのだろう。さな子さんとママは。

桂のママは、短大を出て商社に勤めるとすぐ、親に勧められるままに「有望な国家公務員」と見合いして、翌年には母親になった。

「うちのママ、ほんとに世間知らず」

誰にも言ったことのない言葉が、桂の唇から転がり出る。

さな子さんは微笑んだ。

「楓ちゃんや桂ちゃんを育てたのよ、私にはない人生経験だわ。子育てって、並大抵じゃできない仕事だと思う。それに、あつ子ちゃんはすてきな人よ。本当にまじめで、心根が優しいの」

それはわかる。パパと一緒になってボートピープルの陰口を言っていたけど、ツルマ中央にベトナム難民定住促進センターができると、近所の奥さんに誘われてバザーや募金に熱心に協力していた。だから、さな子さんの言うのは本当だと思うけど、でも桂は公平な気持ちになれず、激しく首を振った。

「でも、人の手紙、勝手にあけたりして」

夏休みのはじめの日、夏期講習から帰った桂を、ママは泣きそうな顔で迎えたのだ。

——桂ちゃん、この子はだれっ！

ママは、手垢でよれた茶封筒を突き出した。食べこぼしのついたレポート用紙に先の丸いエンピツで書かれた手紙は、折り目が汚れて斜めにずれていた。

〈ほり江柱さま。みんなは、ほりえはうるさい女だった。でもおれはかわいい。つかざきがほり江はおれがすきだていった。ほりえは大山でてんぐの人にあいましたか。いどぐちは、お父さんがてんぐです。くじら川はそしつがないね。おれたちにはてんぐがついていますので、おれはねんりきで、ほりえをまもる。しょうきゃくろに来てといったので、ほりえはこなかった。仏沢せいじ〉

おかしな手紙だけど、終わり方がどこかブキミで、キロちゃんの言葉を想い出し、桂は怖くなった。だのに、取り乱す役はママに取られてしまったのだ。

——なんなの、この子は！　これ、切手も貼ってないし、自分で郵便受けに入れに来たんだわ。どうしてうちを知ってるの、きっと桂ちゃんの後をつけてきたのよ。どうするの、

「何かあったら、おばあちゃまに叱られるわ！」

ママのきんきん声を、桂はまねした。

グラスを傾けて、さな子さんは言った。

「桂ちゃんとしちゃ、つらいわね。でも、相手の気持ちにまで、桂ちゃんが責任持つことないの。好かれとけばいいわ」

「でも、はっきり断るべきじゃないですか」

おかしそうに、さな子さんは笑った。

「桂ちゃんも私と一緒ね」

窓の方に目を投げた。少し黄ばみ始めた海風が吹き込んで、レースのカーテンをひるがえらせた。

「誰も引き受け手のない問題を、一人で拾い込んじゃうの」

さな子さんは、桂の目を見て微笑んだ。そして立ち上がり、大きなレコードに針をのせた。

天から降るような女性オペラ歌手の声が、風でふくらんだ部屋にしみ渡った。

「ベランダに出てもいいですか」

新しいサンダルを履いて、桂は、新しいコンクリがざらざらしたバルコニーに出た。

空気が金色の粉をまぶしたように感じる。

視界の果てにはぼうっとけぶる港が見え、目の下に広がる丘の斜面には、時を重ねた甍（いらか）の波が続き、家並みの間を、桂もさっき登ってきたつづら折れの階段が、縫っていた。

その階段の終点近くを、男の人が一人、登ってくる。小さな花束を手にしていた。

その髪の長い男が顔を上げた。バルコニーの少女と目が合うと、彼は立ち止まり、ギョッとしたように桂を凝視した。


ピンクのバラを三本、さな子さんに買ってきたクモ男は、調子のいい男だった。

「驚いたよ、隠し子かと思った。そっくりなんだもん。そうかあ、いとこかあ」

ちゃぶ台の前にあぐらをかき、雑巾色のザックから缶ビールの六本パックを取り出して、桂にまですすめようとした。汚れたジーパンの破れ目から、骨張った膝がのぞいている。

「いとこの子よ」

さな子さんはけだるげに訂正した。微笑みが、どこか落ち着きなく見える。

クモ男は一人うれしそうに、例のさな子さんとの偶然の再会を語った。

「びっくりしたよ、どこのキャリアウーマンかと思ったらリーダーなんだもん」

「リーダー？」

二人は大学のワンゲルで一緒で、さな子さんは短大部の主将だったそうだ。

「強かったぜ、リーダー。男子も顔負け。剣の早月尾根を下ってるときにさ、おれたちと短大部のパーティで一緒になって、下山競争したわけ。リーダーすっごく早くてさ、猿みたいに飛ぶように走って、俺たち必死こいたんだけど、とうとう引き離されて。で、これだけ強いんだから、海外遠征隊に参加したいっていうんだ。田部井淳子も遠藤京子もエベレストやマナスル登ってない頃だよ。うちの部でさ、ブロードピークっていうカラコルムの山目指してたんだ。ＯＢのジジイどもが邪魔しなかったら、つれてってやったのにな」

　こんな小きたない男が、さな子さんのような優れた人物を「つれてってやる」だなんて。桂は微笑を装って憫笑した。

「そしたらリーダー、いまごろは、女性初の八千メートル峰登頂者として、本とか書いて有名になってたかもしれないのにな」

　クモ男はいよいよ楽しそうに、紙製のアルバムを出して、桂に見せた。

「これ、アマダブラム。『母の首飾り』って意味なんだって。かっこいいだろ。こう、かくんと折れ曲がって尖っててさ。三年前、高山病で敗退してさ、また来年、行くんだ」

　その、エベレストの向かいにある山まで、シェルパ族の人夫と、ヤクとかいう毛むくじゃらの牛を雇って行った珍道中や、ひねくれ者ぞろいの山仲間たちの話は結構おもしろくて、桂はつい熱心に聞いてしまった。

「金かかるんだ、海外の山は。三年に一度行くのに、爪に火ともして生活してるんだ」

　クモ男は、さな子さんの部屋を見まわす。

「リーダーがこんな金持ちになってるとはな。とっくに結婚してこめかみにバンソコ貼って、子ども叱りつけてるかと思ったら」

男は、下品な笑い方をした。

「独身だってんだから。運命感じちゃうね」

「あなた、独身なんですか？」

キツい声で聞いたのは桂だった。この男の魂胆がわかったのだ。

クモ男はキョトンと目を丸くした。

「な、なんだよう。独身じゃいけませんかあ。学生時代にリーダーにふられて以来、心の傷が消えないんですよーだ」

下唇を突き出して、泣きそうな顔を作る。

「ホントにひどいふられ方だったんだぜ。『あなたみたいな軽い男、最初っから眼中にないからっ』だって」

「よしなさいよ、そんなバカ話」

いつの間にか、ビール缶を片手に窓の方を向いて坐っていたさな子さんが、背中を向けたまま、だるそうに言った。

「てっきりおれに気があると思ってたのにさ。だって、おれにニコニコするんだぜ。カンチガイするなって方がおかしいと思わない？」

「ぜんぜん思いません！」

桂が答えると、男はガクッとずっこけてみせる。笑いながらごつい手で髪を掻き上げた。

「おれは復讐を誓ったぜ。ぜったい、いい男になって、リーダーを後悔させてやるって」

復讐という言葉に、桂はギョッとした。気が気でなくなる。

どうしてさな子さんは、こんな男を部屋に入れたりしたのだろう。おおかた、断れない性格のためだろう。花なんかもって来たのに断ってはかわいそうだと思ったのだろう。

長い夏の日も沈んで、外は暗くなっている。街の灯がクリスマス飾りのようだ。

この男を、早く追い出さなくては。

「さな子さん、明日仕事早いんですよね」

桂は大きな声で言った。

トロンとした目で、さな子さんがふり向いた。ビールの空き缶が三つも転がっている。

「そっか、桂ちゃん、そろそろ帰んなきゃね」

いちばん帰らなきゃいけない男が言う。

「駅まで暗いとこもあるし、おれ、送ろうか」

さな子さんがクモ男を見た。うるんだ目で上目づかいに。

そんなにらみ方じゃダメだ。この能天気な男なら絶対、「おれをうっとり見つめている」

とカンチガイしてしまう。

ふうっと、さな子さんは息を吐いた。よっこいしょと長いスカートを押さえて立つ。

「三人で駅まで行こ。私が二人を送るわ」

クモ男が口をとがらせた。

「えー。なんか食わしてくれよー」

「だめっ」

愉快そうに、さな子さんは笑った。

＊

二学期が来た。でもまだ暑い。そして来週の学活まで、桂はまだ学級委員だ。

頭が痛い。心配ごとが山のよう。

さな子さんが気がかりだ。残暑見舞いを出したのに返事がこない。最近、一人暮らしの女性が、片思いした男性に殺されたというニュースがあり、桂はたまらなくなってさな子さんに電話した。残業続きらしくて何度かけても出てくれず、不安は募るばかりだ。

さらには塾のテストの成績が下がって、ママは泣く。仏沢くんがぬら～と寄ってきて、夏休み中に骨折した「井戸口のお見舞いに行こうよ」と言う。担任の先生は、「クラスを代表して、急に転校が決まった鯨川にお見舞いの手紙を書いてくれ」という。夏休み中にコンサートに行って吉沢さんとケンカしたらしいキロちゃんが、また桂にくっついてくる。

まったく、めんどうな人たち！

「おい、おまえら！　ボケッとすんじゃねえ、ガキのくせに、なめやがって」

痩せた男が、教壇を行ったり来たりしている。何がそんなに不満なのか、「くれーじー河口」は、常にピリピリチリチリ怒っていた。

ふと、斜め後ろから視線を感じて、桂は振り向いた。仏沢くんが、ぼうぼうの髪の間から鳩みたいな小さな目で、こっちを見つめていた。

やめてよねっ！

桂はにらみつけた。

とつぜん、何かが飛んできて、桂の横顔にパチンとぶちあたった。ぽとりと、ノートの上に黄色いチョークが転がった。

「そこの女、なんだその態度は！」

黒板の前で河口が、血走った目をたぎらせて、桂を指さしていた。

教室じゅうがふり返る。どの目も驚きに見開かれていた。堀江桂は、こんな仕打ちを受ける生徒ではない。くれーじー河口は、何カ月たってもその点を飲みこめないらしい。そもそも他人に関心を向け、個性や特徴を見分ける習慣を持ち合わせていないのだろう。

「授業中に男と目配せなんかしやがって、いちゃつくんなら放課後やれ」

下品な言葉が、桂を噴火させた。

「じょうだんじゃありませんっ」

ロケットのように桂は立ち上がった。

教室中が目を見張った。こんなに怒った堀江桂を誰も見たことがなかった。

「な、なんだこら、なんかモンクあんのか」

逆上したくれーじーの頭上で、黒板の上の丸い時計が、くらりと傾いた。みんなの目が、そこに集まる。井戸口俊樹がいたら「先生、上うえ、時計とけい！」とでも親切に叫んだろうけど、彼はいない。生徒たちの無言の視線を浴びて河口はわめいた。

「何だおまえらっ！」

はらりと、木の実が落ちるように、丸い時計がゆっくり落下した。時計は教師の頭をかすめ、その足元で砕けて、派手な音とガラスをまき散らした。教室じゅうが息をのむ。

ばたんと、同時に後ろの方で何かが倒れた。

「きゃあああ！」

近くにいた女の子が叫ぶ。仏沢くんが、何かを前に押し出すように両腕を前に伸ばしたまま、白目をむいて伸びていた。

桂は教室をかけ出した。保健室へ知らせようと思ったが、階段の途中で気が変わった。

そんなこと、たまには誰かがやればいい。

そのまま一階へ降り、外へ飛び出した。

白い日ざしの中、桂は上履きの足でペダルをこいでいた。

こんな時間に家に帰れば、そっとしておいてくれるママではない。ガレージに忍び込んで自転車だけとってきた。

塾のあるさがみ鉄道の駅まで出て、そこから線路にできる限り沿って横浜をめざしている。さな子さんに会いたい。いま会わないと、自分がバラバラになってしまいそうだった。

道が線路から離れてしまう所もあり、そのたび人にたずねて軌道修正した。途中から交通量の多い厚木街道、国道一六号線を辿ったので、トラックの車輪にのみ込まれそうで恐ろしかった。おまけにけっこうアップダウンがある。汗が、ほっぺたに塩の道をつくった。制服のブラウスもぐっしょり塩水を含む。脳天がこげ、全身の水分がぬけていくのが感じられた。ジュースを飲みたくともお金がない。行き当たった公園で、蛇口の下に顔をつっこんでぬるい水道水をがぶ飲みした。

横浜駅の手前で別の線路沿いを辿り、さな子さんのマンションの最寄り駅に着いたときは、もう空気がすっかりバラ色に沈みかけていた。頭はかすみ、脚は石膏で固めたよう。顔も体も汗でべたべただ。自転車を駅の駐輪場に置くと、脚をひきずり、マンションの丘へと登るつづら折れの階段をあがった。

踊り場で何度も、まるでおばあさんのように膝に手をついて休み、やっとの思いで登り切り、マンションの前までたどり着いた。高い窓を見上げる。

灯がついている。今日は残業しないでいてくれたのだ。桂を待っていたかのように。

エレベーターにへたり込み、転がり出ると、廊下を這うようにして、さな子さんの部屋の前に立った。

どうしたの、いったい？

そう言ってさな子さんは、シャワーを勧め、冷たいジンジャーエールをくれるだろう。

ベルを押す。

だが、返事がなかった。

部屋を間違えたかと、インターフォンの上の番号を確認した。

トイレにでも入っているのだろうか。冷たい扉に耳をあてた。人の気配はする。

もう一度、ベルを押す。返事はない。

泣きたい思いで、もう一度。

プツッという音がして、

「はい？」

けだるげな声が答えた。

さな子さんだ。無事でいてくれた。

こみ上げる気持ちをこらえて、桂は名乗った。

静かな足音がやってくる。中からチェーンロックがはずされ、そっと扉が開いた。

サマードレス姿のさな子さんは、のびあがってドアを押さえ、入り口いっぱいに立っていた。リビングの灯を背に、身体全体が暗い影になっている。炒め物のオリーブオイルと、石けんの香りがほのかにした。

「自転車で来ちゃった。学校から」

埃まみれの桂は、疲れをこらえて笑った。

答えがなかった。黒い陰になっていて、さな子さんの表情は見えない。桂が目を落とすと、さな子さんのパンプスとサンダル、それに履きつぶしたきたないスニーカーが並んでいた。

明るいリビングから、頭にタオルをかぶった男が顔を出した。

「おっ、桂ちゃんじゃん。入りなよ」

クモ男だった。笑っている。含み笑いではない、幸せそうな明るい笑顔だった。

立ちふさがったまま、さな子さんが聞いた。

「入る?」


暗いつづら折れの階段を、桂は筋肉の張りつめた脚でぴょこぴょこ降りた。

汗を吸ったブラウスが冷たく、顔は汗の塩でざらざらしている。ベタついた手の中の千円札は、さな子さんが握らせてくれたものだ。電車で帰りなさい、と。

くたびれ切って、階段の折れ目で、桂は坐り込んだ。

すぐ下の家の低い軒びさしの間から、港の灯りが見えた。色とりどりの灯（ひ）が目の中でにじんで、光の刺をちくちく伸ばした。大山の夜、木の間から見えた夜景を思い出す。

あの晩、泣いたのは桂だけだった。

だいじょうぶだよ。おれがついてるから。

仏沢くんが言った。

そうだよ、朝になったら道が見えるよ。

井戸口くんも言った。荷物をなくした桂に、みんなが争って上着を貸してくれると言った。鯨川さんが、配る友だちもないのにお母さんにしこたま持たされたおにぎりと唐揚げとタッパのキュウリ漬けをくれた。みんなの食糧を集めて四等分しようと井戸口くんが言い、押しくらまんじゅうやタンポポ台体操をして、みんなで笑った。

鯨川さんなんかウキウキして、あたし、ここに住んじゃおっかなあ、なんて言ってた。頭おかしいんじゃないかこの人、とそのとき思い、今年同じクラスになってやっぱりそうだったとわかったけど、こういう、みんなからバカみたいと思われてる人っていうのは、案外人知れず芯が強いのかも知れない。そう思った。そう、仏沢くんも。

無事に下山したあと、職員室で先生たちが、「堀江桂がいたから、四人協力し合って無事だったんでしょう」と言ってるのを聞いた。大人たちはみな、そう考えているようだった。

――いいえ、私が三人に助けられたんです。

とは、わざわざ言う機会もないし、言わなかった。いや、言わなかっただけでなくて、そうは思えなかった。どうしてだろう。わからないけど、ただ、堀江桂が他人からめんどうを見られるなんて許されないと思っていたのは確かだ。無意識のうちに「ありえない」事実を否認した。

私はギゼンシャ。

コンクリの階段におろしたお尻が冷たかった。抱えた膝に頭をつける。空気が震えた。心配して泣くママの顔がうかんだけれど、すぐにおしのけた。

今は思う存分、自分が泣きたかった。どこかの庇の下で、秋の虫も鳴いていた。

（了）

……ご覧になられましたか？　一瞬でよくわからなかったでしょうか。

もう一度初めからお見せします。……陸橋の上から、年かさの子どもたちがベロを出したり、撮影者に向かっておどけています。そこへ、四、五歳の子が一人、手すりによじ登った。あっ、立ち上がろうとして……落っこちる！　あわててつかまえようと身を乗り出したのは、中年の男の先生です。

あっ、子どもを抱きかかえたまま、先生も落ちて行く……車にぶつかる、と思ったところで、ほら、ふわっと浮いてますね。ほんの一瞬の出来事ですが、すーっと中央分離帯のところまで空中を移動して、それからどさっと。骨くらいは折れたかも知れませんが、車にぶつからないですんだ。

これについて、「わたしも空を飛んだことがある」とか、「わたしは念力の修験を経験したが、この飛行はあり得る」とか、またはそれをバカにして罵ったり、この動画が「やらせ」だと非難したりする投稿が押し寄せていますが、よくあることですね。

次の写真を見てください。

同じ事件についての小さな新聞記事です。この現場が、国道二四六号線の両側の切り通し崖をつなぐ陸橋だと書いてあります。この橋の下には二四六。そのさらに地下には、相急電鉄が走っていまして、この橋はちょうど「クヌギが丘」駅と「若葉台」駅の間にあります。そして、「若葉台」の二つ先が、タマヨケ坊ゆかりの「長津留」。ここはほぼ、天狗道祖神エリアなんですね。

それだけではありません。新聞記事によると、子どもを助けた先生は、イドグチトシキさん四十八歳。あ、個人名を出すのはよくないですね、でもともかく、この先生の名前にわたくしはあっと思ったのです。先ほどご紹介した一九八四年の記事です。四人の中学生の一人、Bくんの名前とこの先生のお名前、一緒なんです。

……あ、どうぞご静粛に。

……はい？　何を言いたいのかわからない？　……どこが学術講演だ？　いえいえ、これからが肝心です。どうぞ、お席にお戻りに……そうですか……仕方ないですね。

では、続けます。

次の写真をごらんください。

これは、ミケ出版発行の雑誌『月刊メー』の最新号です。特集は「天狗・カッパはやはりいる！　最新目撃情報」。その特集の一ページに、こんなのがありました。「丹沢山麓に突然あらわれた、なぞの飛行幼児４歳」。月刊メーの記者さん、なかなかの取材力ですね。

　内容は、ざっとこんな感じです。

　横浜市みぞれ区の児童養護施設に四歳ほどの男の子が保護されたのですが、この子は、がら空きの鈍行電車の中にぽつんと一人で乗っているところを発見された子でした。なんでも「天狗のおじさんと一緒に空を飛んできたの」と、声をかけてくれた女子高生や駅員さん、おまわりさんに供述していたそうです。施設に来てからも職員が目を離すと、ベランダや窓や遊具の上から、「おれ、飛べるの」と言って飛び降りようとするので手を焼いていたと言います。そうしたところが、みんなで隣町まで歩いて買物に行く途中、国道二四六号を見下ろす橋の上から、ついに飛んだ。あわててつかまえようとした先生と一緒に、橋の上から落ちて……と思ったら本当に飛べたので――『月刊メー』はそう書いています――二人とも助かった。先生の方は全治三カ月の全身打撲と骨折だそうですが。

　記事には、この子のお母さんのことも書いてあります。この子が保護された頃、丹沢大山の登山道の「天狗の鼻突き石」のところで、女性が倒れているのが見つかったそうです。薬を大量に飲んでいました。この女性がこの子の母親だとわかったのは、搬送先の病院と警察が、彼女を夫に引き渡そうとしたところ、病院にいた女性臨床心理士の機転で女性シェルターに保護され、しばらくして落ち着いて、事情を語り始めてからでした。

　夫の執拗な暴言に疲れ果てていた彼女は、四歳の息子をつれて大山に登り、子どもにコンビニのおにぎりを与え、その傍らで身を横たえた。それを天狗が発見して子どもを人目につくところに連れて行ったのだと、「月刊メー」の記者は書いています。

お母さん、がんばりましたね。よく逃げて、子どもを道連れにしないで、閉じこめもしないで、世間に任せましたね。助けてくれる者は、必ずではないかもしれないけど、思っているよりはあるのです。人でも、天狗でも。自分の子どもだからと責任もち過ぎちゃいけませんよね。って、夫も子もないわたくしが言うのも何ですが……

……え？　あと三分？

では、急ぎます。ええと、では、大事なことを。

天狗とは、いったい何なのか。

これは、わたくしが天狗道祖神に心をひかれた、中学生の時からの問いかけでした。

その頃のわたくしが抱いた仮説は、天狗とは、「悔しい思いをしている人の味方をする守り神」というものでした。しかし、高校、大学と進んで、研究書などを読めるようになってがく然としたのは、先ほども申しましたように、「天狗にさらわれた」とされる人が、むごい目にあって発見される例が多いということです。

そしてもっとショックだったのが、天狗は女性を嫌うということです。各地に残っている天狗伝承の中には、「親切に応対してくれた主婦を、天狗が『女の分際でよくもおれに話しかけたな』と言って惨殺した」という、その非道なレイシズムに言葉を失うような話まであるのです。

　天狗の世界はホモソーシャルだとも言われています。だから男の子をさらうのだとか、女は天狗になれないのだとかも言われています。かと思うと、今昔物語には「尼天狗」なる、女の天狗の説話が載っていますし、「女の天狗を妻にしている天狗」の伝承をもつ地域もあります。

　天狗とは何か。それは神様のようにわたくしたちを守り、導いてくれる者なのか、それともわたくしたちをいがみ合わせたり、騒動を起こして喜ぶ邪霊なのか。

　しかしこれは愚問でしょう。日本の神々は、西洋の神とは違います。絶対的に正しい唯一の神と、絶対的に悪い悪魔がいるのではありません。大自然がそうであるように、日本の神々は、恐ろしい力で人間を害することもあれば、わたくしたちをやさしく癒し、育んでくれもする。また天狗一人一人にも、人間と同じく、親切な個体、意地の悪い個体、心広やかな個体、狭量な個体、いろいろいろいるのでしょうし、また、人間もそうであるように、一人の天狗にもいろいろな面があるのだと思います。だから、人間はこういうものだ、とは言えないのと同様に、天狗とはこうだ、などと言い切ることは、できないのではないでしょうか。

　タマヨケ坊にしても、もともと、女たちが自分をめぐって争うのがちょっと楽しくなってしまうような、良くない気性がありました。そういう邪悪な心を抱きながらも……

　……え？　あと一分？　おやまあ。では先を急ぎます。

そうそう、大事なことにわたくし気がついたのです。この新聞記事を読んだときは、この子どもと、子どもを助けようとして一緒に橋の上から落ちた先生、これはきっとタマヨケ坊が助けたのだと思いました。

けれど考えてみれば、タマヨケ坊は、明治三十七年、一九〇四年の日露戦争のとき九十八歳で、あと百と二年生きる、と長一郎に語っていましたから、計算すると、二〇〇六年で亡くなってしまっているはずです。タマヨケ坊は予定より長く生きているのでしょうか。それとも、タマヨケ坊には跡継ぎの弟子か何かがいて、その天狗が彼の事業を継いで、子どもと先生を助けたのでしょうか。

そうだ、それともう一つ。面白いことに、タマヨケ坊と例の寅吉、年が同じなのです。一八〇六年、文化三年生まれの寅吉は、一八六八年の明治維新の頃に生きていたなら六十歳ほど。長一郎さんが大人たちに聞いたタマヨケ坊も、同じ頃六十歳ほどでした。それから寿命も、タマヨケ坊は合計二百歳ですが、寅吉も「天狗は、天狗になったときに自然におのれの寿命を悟るのだが、自分の場合は二百歳だ」と、平田篤胤たちに答えていま……あ、カーテンあけないでください。

……はい？　時間切れ？　あの、もう五分だけいただけますか？　ダメ？　すでに十五分過ぎてる？　懇親会があるから？　あ、みなさん、ちょっと待ってください。もうちょっと、もうちょっとだけ……

司会　それではみな様、長時間にわたるご静聴、まことにお疲れ様でした。最後に、今回地域史研究奨励賞を受賞されましたクジラガワ先生に、盛大な拍手を。

（拍手パラパラ）

司会　ありがとうございます。では懇親会にご参加の方は、一階、正面玄関前にお集まりください。マイクロバスでお送りいたします。ホールを出まして右のエレベーターをご利用いただければよろしいかと存じます。なお、閉会の挨拶につきましては、懇親会場にて、当振興会の会長、名誉会長の挨拶の時間をいただければと存じます。また、質疑応答ですが、万が一、クジラガワ先生にご質問のある方は、もしいらっしゃったならば、懇親会場にて、先生に直接お願いいたします。それでは皆さま、忘れ物などございませんよう、ご移動願います。本日はまことに、長々と申し訳ございませんでした。

（雑音）

クジラガワ　あーあ。みんなそそくさと帰っちゃって。
……え、何ですか？　ＩＣレコーダー？　あ、これですか。はい、どうぞ。
……え？　わたくしに貸してくださるんですか？　そりゃまたどうして。

……えーっ。講演録の音声起こし？　自分でやるんですか？　はあ。あ、原稿料をいただけるんですね。え？　出るけどそれは、賞金五万円に含まれてる？　えー。けちだなあ。めんどくさいな。やらなきゃダメですか。

……自分でやらないと機関誌に載らない？　うーん。

……え？　お金じゃなくて機関誌二十部でもいい？　いいって何がいいんですか。いやですよ。二十部もいらないし、お金がいいです。それに機関誌二十部で五万円にならないでしょう。まったく。先ほども言いましたがね、今度、わたくし雇い止めになるんです。お金ないんですよ。いいえ、雇い止めになりますよ。三年以上雇い続けられた人なんていないでしょふつう。……どうしますって、だからお金にしてくださいって言ったでしょ。お金ですよ。お金ください。

そんな意地の悪い顔したってダメですよ。奨励金くださいっ！　もらうからね。

……あーら。怒って帰っちゃった。なにも一介のスタッフのあなたが怒ることないでしょ。でも、きっと無給で今日のスタッフも勤めたのかも知れないわねあの人。教授に言われて……かな。どこかの大学の非常勤講師かな。大変だな。つらいわよね、人文研究者はさ。「生産性がない」とか言われちゃって、どこでも予算けずられて、ポストはないし、みんな不安定な立場だし。でもガンバロウよ、わたくしたちが滅びたら、ほんとに世の中とり返しがつかなくなるよ。

……はい？　お掃除だから出ろ？　はいはい、わかりましたよ。ちょっと待ってください。パワポ片づけないと。あらら、何も片づけないでいっちゃったわスタッフさん。

（機材や書類などを片づける物音。鞄類のチャックの音）

よっこらしょっと。

さてと、懇親会かあ。是非いらっしゃいとも言われなかったしなあ……。あらら、みなさん、レジュメ捨ててっちゃってる。うひゃー。くしゃくしゃにしてるのや、ちぎってるのもあるわ。何がそんなに気にくわないのかしらね。

（窓ガラスを外から叩く音）

……え？　何？　あーびっくりした。なんだ、窓ふきさん？　そんなとこぶら下がって、わたくしに何かご用？

（窓を開ける音）

窓の外からの声　クジラガワあ。
クジラガワ　えっ何？　窓ふきさん、なぜわたくしの名を？　あっ、そういうあなたは、全然変わらないのね、おっさんになってもすぐにわかったわ、ホトケザワくん。うっそお。
窓の外からの声　クジラガワあ、字、読めるようになったの？
クジラガワ　もともとは読めるんだよ。でもうん、聾学校入ったら読めるようになって、高等部に入ったら耳も聞こえるようになったんだ。でも手話も出来るよ。
窓の外からの声　あのさ、これからイドグチのお見舞い行くんだ。イドグチ、橋の上から飛んで骨折したの。二回目だね。あいつ人生で三回飛べるから、あと一回は八十八歳の時なんだ。
クジラガワ　何言ってんの？　ああイドグチくん、そっか入院してるのね。子ども助けて。偉いな。そうか、ホトケザワくんはイドグチくんと仲良かったし、ずっとつきあってたのね？
窓の外からの声　ちがうよ。
クジラガワ　じゃ、なんで入院先知ってるの。
窓の外からの声　おれは空から見てるからね。
クジラガワ　あっ！　もしかしてホトケザワくんなの？　タマヨケ坊さまの跡継ぎは。あんた、そういえば中学の時、天狗さまに通信教育に誘われたって、先生に言ってたわよね。

窓の外からの声　おれはまだ違うよ。人間だよ。兄さん弟子が後継いでるんだ。
クジラガワ　そうなの？
窓の外からの声　あのさ、きょうは四人大集合だよ。下でね、ホリエさんも待ってるの。ホリエさんもこのビルで研究発表してたんだよ。ほら、下にいるよ。
クジラガワ　え、本当？　どこどこ。……あ、やっぱりさっき五階で発表してた臨床心理士さん、ホリエさんだったんだ！　ホリエさーん！　おーい。わたしのこと覚えてるう？……え！　ほんと？　うれしいなあ！
窓の外からの声　じゃあ、下で待ってるから早く来なよ。
クジラガワ　うん！　すぐ行くよ。
窓の外からの声　そいじゃ、これ使いなよ。
クジラガワ　なにこれ？
窓の外からの声　隠れ蓑。タマヨケ坊さまの形見。後でちゃんと返してくれよな。
クジラガワ　え、なんで？　いや、返すけど。なんで？
窓の外からの声　後ろからなんか下品なかんじのおじさんが来たからさ、ほら。じゃあね、おれホリエさんと下で待ってるから、これ使って早く来な。もし何だったらさ、イドグチの伯父さん、熱血弁護士だから。七十歳だけど。

男性のだみ声　くじらがわセンセーだね。
クジラガワ　センセーというほどの者ではないですが。クジラガワです。
男性のだみ声　公安のもんだけどね。
クジラガワ　こうあん？
男性のだみ声　センセー、マズイでしょう、純粋な学問研究の場で偏った反戦思想を宣伝するのはさあ。通報があったんでね、途中から拝聴させていただきましたよ。ひっかかっちゃうんですよね、共謀罪にね。他の人たちの安全上、ほら、センセーみたいな人は危険だし迷惑なのよ、存在自体が。
別の男性の声　先生にはね、他からの通報もきてるんですよ。カメラ片手にうろうろして、何かの「下見」をしてたって情報があってね、監視カメラでも確認はとれてんだよね。
クジラガワ　え、そんなの、誰が通報したの？
別の男性の声　わかるでしょ。センセーね、職場でも迷惑かけて嫌われてるんじゃないの？ご同僚とポスト争いしたり、やたら論文書いて館長からウザがられたりさ。
クジラガワ　うそお、彼女そんな人じゃないと思うけど。ふーん、館長ねえ。いや、私を消してもメリットがあるとは思えないけど。雇い止めにすれば済むんだし。……あ、嘘ついてますね？
別の男性の声　嘘だってホントだってどっちでもいいじゃないの。いずれホントになるよ。

おれたちの手にかかればさ。今日び、それくらいしなきゃ生き残れないでしょ、どこでも。自分が疑われる前にさ、誰かちくらないとね。センセーもはめ返しちゃえば？　同僚もつかまえてあげるよ。どっちみちあんたらみたいな生産性ないババア、この国にいらないんだしさ。ついでに言ったら館長もいらないよ。博物館とか資料館なんか意味ないでしょ。はずかしくない？　こんななんにもならないオタク趣味で金もらうなんて、あんたら社会のお荷物なんだよね。みんな一日十二時間も働いて食べるのがやっとなのにさ。申し訳ないと思わないわけ？　こんなお遊びでさあ。

クジラガワ　これまた天文学的に教養のないご発言で。

男性のだみ声　ご同行願いますよ。共謀罪容疑でね。

クジラガワ　おことわりします。

男性のだみ声　来なさい。ことわれないんだよ。バカが。

クジラガワ　なに言ってるんですか、もし本当なら逮捕状とかあるでしょう。

男性のだみ声　そんなものなくても逮捕できるんだよ。そう決まったでしょ国会で。

また別の男性の声　さっさとしようよセンセー。手錠されたい？

男性のだみ声　あ？　おい、どこ行った？

また別の男性の声　き、消えやがった。手品か？

男性のだみ声　そんなわけねえだろ、ふざけんな国家権力なめてんのかこのやろう。
また別の男性の声　だって消えたじゃねえですか。おい、どこ行った！
男性のだみ声　ありえねんだよバカが。おい、無駄な抵抗はやめて直ちに出てこい！　早く出てこい！　出てこないと逮捕する！　出てきても逮捕する！　おい何してんだ使えねえやつだな、さっさと捜せ、逃がしたらお前の責任だ！
また別の男性の声　なんでおれなんすか！　先輩がつかまえて点数稼ごうって……
男性のだみ声　なんだとこのやろう、てめえがもたもたしてるから……
（怒鳴り合う声続く）

（『仙童たち』了）

おもな参考文献

城川隆生『丹沢の行者道を歩く』白山書房、二〇〇五年
中平龍二郎『ホントに歩く　大山街道』風人社、二〇〇七年
田奈の郷土誌編集委員会『田奈の郷土誌』同編集委員会、一九六四年
圭室文雄（編）『民衆宗教史叢書　第22巻　大山信仰』雄山閣出版、一九九二年
西垣晴次「大山とその信仰」（圭室文雄（編）『民衆宗教史叢書　第22巻　大山信仰』所収）
浅香幸雄「大山信仰登山集落形成の基盤」（同右）
松岡俊「幕末明治初期における相模大山御師の思想と行動」（同右）
鈴木道郎「明治初期における相模大山御師の経済生活」（同右）
監物博（写真・文）・岡部光雄（解説）・佐藤一人（地図）『成瀬の石佛』私家版、一九九四年
松村雄介『神奈川の石仏』有隣堂、一九八七年
川口謙二『道祖神百粋』光風社書店、一九七八年
庚申懇話会（編）『日本石仏事典〈第二版〉』雄山閣、一九八三年（〈第一版〉は一九七五年刊）
松谷みよ子『現代民話考1　河童・天狗・神かくし』ちくま文庫、二〇〇三年（旧版は一九八五年、立風

書房）
知切光歳、小松和彦（解説）『天狗の研究』原書房、二〇〇四年（初刊は一九七五年、大陸書房）
小松和彦（責任編集）『怪異の民俗学5　天狗と山姥』河出書房新社、
馬場あき子「天狗への憧れと期待」（小松和彦（責編）『怪異の民俗学5　天狗と山姥』所収）
森正人「天狗と仏法」（同右）
村山修一「愛宕山と天狗」（同右）
原田正俊「『天狗草紙』を読む」（同右）
谷川健一「崇徳上皇」（同右）
小倉學「加賀・能登の天狗伝説考」（同右）
五来重「天狗と庶民信仰」（同右）
岩田重則「天狗と戦争」（同右）
杉原たく哉『天狗はどこから来たか』大修館書店、二〇〇七年
平田篤胤、小安宣邦（校注）『仙境異聞・勝五郎再生記聞』岩波文庫、二〇〇〇年
綿谷雪『考証　江戸八百八町』秋田書店、一九七二年
荒俣宏・米田勝安『よみがえるカリスマ　平田篤胤』論創社、二〇〇〇年
【動画】伊勢原市「大山詣り――御師が育んだ大山信仰――〔記録編〕」、二〇一七年

初出一覧

「南ツルマ運動公園の決闘」『本が好き!』光文社、二〇〇七年一一月号(旧題「公園ダービー〜春の念力」)

「夏の光線」『本が好き!』光文社、二〇〇八年七月号(旧題「おめめ光線〜春の念力」)

「父さんゆずり」『本が好き!』光文社、二〇〇九年二月号(旧題「父さんゆずり〜春の念力」)

「秋の道しるべ」『本が好き!』光文社、二〇〇九年七月号(旧題「クモ男の復讐〜春の念力」)

*右短篇を再構成し、「残された音声」1〜5を書き下ろしました。

あとがき

この連作の四篇の短篇は、十年以上前、光文社のPR誌『本が好き！』に掲載いただいた（秋吉元編集長に感謝です）ものですが、「四人が大人になって再会、次世代を救う」という命題の五篇目に苦戦するうち雑誌が休刊。その後も五篇目を何本か書きましたが、どれも嘘っぽく思え、宿題を抱えたまま時間ばかりたってしまいました。

「衣食住の苦労こそない子どもたちの苦痛」が私の軸でしたが、気づけば今や子どもたちが食に事欠く時代。四人の呻吟が色あせて見えそうな反面、この悪時代のために、四人にふさわしい大団円が見えたようです。そこで、五年前、無理やり頂戴したご縁を頼み、このえげつない世で気高い出版活動をされておられる未知谷、飯島徹さんにご高読賜りました。厳しい出版事情の中、世に送ってくださることに敬意と感謝を捧げます。また制作の伊藤伸恵さんほか皆さま、お世話になり本当にありがとうございます。

二〇一九年十一月

栗林佐知

くりばやし さち

1963年札幌市生まれ。富山大学人文学部卒業。版下製作、編集プロダクション勤務などを経て、小説を書き始める。2002年「券売機の恩返し」で第70回小説現代新人賞を受賞。2006年「ぴんはらり」(「峠の春は」を改題)で第22回太宰治賞を受賞。著書に『ぴんはらり』(筑摩書房)、『はるかにてらせ』(未知谷)。

仙童たち
天狗さらいとその予後について

2020年1月10日初版印刷
2020年1月20日初版発行

著者　栗林佐知
発行者　飯島徹
発行所　未知谷
東京都千代田区神田猿楽町2-5-9　〒101-0064
Tel. 03-5281-3751 / Fax. 03-5281-3752
［振替］　00130-4-653627

組版　柏木薫
印刷所　ディグ
製本所　難波製本

Publisher Michitani Co, Ltd., Tokyo
Printed in Japan
ISBN 978-4-89642-598-7　C0093